시니어 신무협 장편소설
ORIENTAL FANTASY STORY & ADVENTURE

일보신권
⑧

一步神拳

dream books
드림북스

일보신권 8
난세가 아니어도 영웅은 태어난다

초판 1쇄 인쇄 / 2010년 7월 22일
초판 1쇄 발행 / 2010년 7월 30일

지은이 / 시니어

발행인 / 오영배
편집장 / 김경인
편집 / 윤대호, 신동철
펴낸 곳 / (주)삼양출판사 · 드림북스

주소 / 서울특별시 강북구 송천동 322-10호
대표 전화 / 02-980-2112 팩스 / 02-983-0660
편집부 전화 / 02-980-2116 팩스 / 02-983-8201
블로그 / blog.naver.com/dreambookss

등록번호 / 제9-00046호
등록일자 / 1999년 3월 11일

ⓒ 시니어, 2010

값 8,000원

(주)삼양출판사 · 드림북스의 서면 허락 없이는 어떠한
형태나 수단으로도 이 책의 내용을 이용하지 못합니다.

ISBN 978-89-542-3918-9 04810
ISBN 978-89-542-3281-4 (세트)

* 지은이와 협의하에 인지는 생략합니다.
* 잘못된 책은 구입한 곳에서 바꾸어 드립니다.

시니어 신무협 장편소설
ORIENTAL FANTASY STORY & ADVENTURE

일보신권 8

난세가 아니어도
영웅은 태어난다

dream books
드림북스

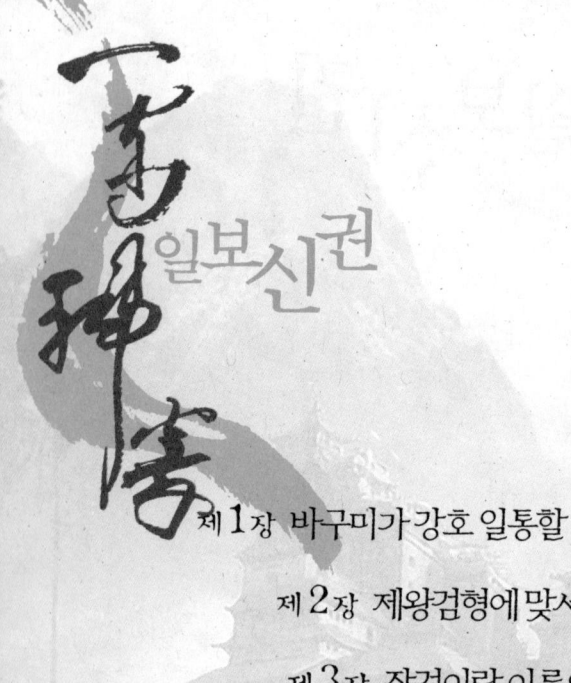

목차

제1장 바구미가 강호 일통할 기세 ... 007

제2장 제왕검형에 맞서다! ... 049

제3장 장건이란 이름의 늪 ... 077

제4장 솜씨 자랑 ... 115

제5장 기회는 이때? ... 151

제6장 회자정리 185

제7장 정면돌파 217

제8장 사시무공 247

제9장 고현과 북해의 이야기 281

제1장

바구미가 강호 일통할 기세

아주 사소한 변화가 삶의 전체적인 양상을 바꾸는 경우가 있다.

주정뱅이가 술을 끊었다든지, 게으른 사람이 근면하게 살려 노력한다든지.

별것도 아닌 작은 일이지만 앞으로의 인생이 정반대로 뒤바뀔 수 있는 것이다.

장건도 마찬가지였다.

'할 일을 뒤로 미루지 말자.'라고 결심한 순간부터 장건은 일상이 변화하고 있음을 느끼고 있었다.

그렇게나 골치를 아프게 했던 백리연의 일이 순식간에 해결

되었다는 것도 그러했다. 아니, 아직 완전히 해결된 것은 아니지만 해결의 발판을 마련한 것만으로도 충분히 마음이 편했다.

만일 불편하다고 계속 대화를 꺼렸으면 여전히 장건은 속으로 끙끙대며 고심을 하고 있어야 했을 것이다.

'참 희한하기도 하지.'

장건은 어제와 똑같은 아침을 맞는데도 오늘 아침의 공기가 더 가볍게 느껴진다는 것이 신기했다.

장건은 새벽부터 숙소 뒤뜰에서 운기조식을 하다가 생각에 빠졌다.

'그래. 사람은 부지런해야 돼. 하고 싶은 말도 하고 살고. 내가 왜 진작 이렇게 안 살았나 몰라.'

왜 그렇게 못 살았을까?

장건은 사실 그 이유를 알고 있었다.

'하여튼 무공이 문제야, 무공이.'

정확히 말하자면 무공을 배운 무인들의 습성 때문이다. 그런 세계에 발을 들였기 때문이다.

'이건 뭐 툭 하면 칼부터 내밀고 싸우자며 덤비니……'

할 일을 뒤로 안 미루고, 골치 아픈 일에 정면으로 맞서려면 하고 싶은 말은 해야 한다. 그런데 이놈의 무인들은 그냥도 성격이 개차반이라, 그 앞에서 하고 싶은 말을 다 했다간 대번에 싸움이 나고 마는 것이다.

'이게 아닌데요, 저게 아닌데요. 전 그렇게 생각 안하는데요.' 라고 말하면 무슨 자존심이 그리 상하는지 '네가 지금 나랑 싸우자는 거냐? 덤벼!' 라고 한다.

그런 귀찮은 일을 피하려고 그냥 참고 살았더니 오히려 더 우습게보고 덤비는 사람들만 늘었다.

굉목의 말 대로다.

본때를 보여줘야 더 귀찮게 굴지 않는다.

얼마나 본때를 보여줘야 할지는 모르지만, 그래서 장건은 앞으로는 굳이 끝까지 참지는 말자고 결심했다.

장건도 느끼고 있었다.

이젠 누구와 싸워도 맞지 않을 자신이 있다는 걸 말이다.

문각의 무공을 배우고 나서부터는 싸우는 게 복잡하고 어렵지도 않았다.

그냥 한 방만 잘 때리면 끝난다.

잠깐 수고하면 내내 편해지는데, 괜히 싸움을 피하려다가 더 골치 아픈 일에 휘말릴 필요가 없었다. 장건의 입장에서 보자면 후자가 더 불필요하게 시간과 심력을 낭비하는 일이었다.

싸워서 질 것도 아니고, 그렇다고 사람을 때려서 상처를 입히는 것도 아니니 거리낄 게 없다.

'아! 그래도 이번 비무만 끝나면 당분간은 좀 조용해지겠지? 그렇게 되도록 부처님께라도 좀 빌어야겠다.'

장건은 가벼운 마음으로 운기조식을 마치고 일어섰다.

소림의 수뇌부들이 장건을 누구와 먼저 싸우게 하느냐를 두고 전전긍긍하고 있는데 정작 장건 본인은 태평하기만 할 따름이었다.

* * *

겨울답지 않게 따뜻한 날씨가 연일 계속되고 있었다.

벌써 봄이 왔다고 해도 믿을 정도로 푸근한 날씨였다. 뜨거운 햇살에 산자락을 가득 덮었던 눈이 녹아가며 보석처럼 반짝거렸다.

소림에 와 있는 이들이 모두 궁금해 하는 비무의 순서가 아직 결정되지 않은 가운데, 장건은 아침 일찍 호출을 받고 공양간으로 갔다.

늘 일손이 부족한 공양간에서 인원이 필요하다 요청을 한 것이다.

그리고 그곳에서 장건은 경악을 금치 못할 말을 듣게 되었다.

장담컨대 그것은 장건이 이제껏 겪어온 일 중 최악으로 꼽을 수 있을 만큼 끔찍한 일이었다.

"아니 이런 나쁜 놈들!"

온몸에 소름이 돋은 장건이 그 얘기를 처음 들었을 때 내뱉은 말이었다.

                *   *   *

 모용전의 계획은 비교적 훌륭했다.
 장건과 가까운 제갈영을 끌어들여 큰 망신을 준다. 그래서 장건이 참지 못하고 덤비도록 만든다. 참관인으로 세운 문사명이 처음부터 끝까지 이를 증언한다.
 '구대문파의 내로라하는 고수들이 장건과의 비무를 줄줄이 기다리는 마당에 우리가 먼저 비무를 해 버린다라……. 그들의 얼굴이 잔뜩 구겨질 게 눈에 선하군.'
 만일 장건이 먼저 덤벼들지 않는다 해도, 비무에서 팽탁이나 남궁성이 진다고 해도, 모용전은 별로 잃는 게 없다.
 솔직히 모용전도 팽탁이나 남궁성이 장건을 이길 수 있을 거라고는 생각하지 않는 것이다.
 '덤으로 문사명이 장건과 붙어 준다면 그야말로 금상첨화겠지.'
 화산의 촉망받는 후기지수인 문사명은 버르장머리 없는 녀석으로 낙인찍힐 터다. 더불어 청성, 무당과 화산의 관계는 악화될 게 뻔하고.
 '제갈공명도 이만한 계책은 결코 내지 못했을 거다.'
 모용전은 스스로 자화자찬하며 미소를 지었다. 자존심과 체면을 목숨보다 소중이 여기는 구대문파에 일침을 가하는 장면은 생각만 해도 짜릿했다.

계획은 거의 성공 직전이었다.

이미 제갈영은 황보윤과의 비무를 받아들였고 문사명은 남궁지의 부탁으로 참관인의 자리를 흔쾌히 허락했다.

남은 것은 장건을 참관인으로 부르는 것인데, 그야 보나마나 뻔히 성사될 일이었다.

무인이 다른 무인들의 비무에 참관하는 것은 일부러라도 요청할 일이다. 하물며 자신과 친한 제갈영의 비무에 참관인으로 나오지 않을 리가 없다.

모용전은 가벼운 발걸음으로 장건을 찾아 나섰다.

한데 외원을 샅샅이 뒤져도 장건이 보이지 않는다.

"대체 어디에 있는 거야?"

아침 일찍 내원을 나왔다더니 외원에도 없다.

"소림에서 비무 순서를 정하기 전에는 찾아야 할 텐데."

모용전은 수려한 얼굴을 살짝 찌푸리며 주변 사람들에게 장건을 수소문 했다.

"아, 건이요? 아까 공양간으로 가는 것 같던데요?"

한참을 수소문하다가 모용전은 장건 또래의 속가제자에게 장건의 행방을 들을 수 있었다.

"고맙소."

모용전은 가볍게 인사를 한 후, 별생각 없이 공양간으로 갔다.

"건이라면 창고로 갔는데? 오호라, 자네가 바로 분월검인가? 하하핫! 미남이로구만. 나도 젊었을 땐 꽤 미남자란 소릴 들었지. 하지만 말야, 남자는 외모가 다가 아니거든. 너무 멋진 외모만 믿고 여자들을 울리지 말게나."

목소리가 어찌나 크고 쩌렁거리는지 듣는 사람의 고막이 울려서 절로 얼굴이 찡그려질 정도였다.

"가, 감사합니다."

모용전이 억지로 웃으면서 단단한 체구의 노승에게 포권했다.

"감사는 무슨. 창고는 저쪽으로 돌아가면 있네."

커다란 체구의 노승은 끝까지 우렁찬 목소리로 모용전을 괴롭혔다.

모용전은 고개를 설레설레 내저으며 노승이 알려준 창고로 향했다.

공양간에서 머지않은 곳의 창고였다.

창고 앞에는 젊은 승려들이 꽤 있었는데 장건은 그들 틈에서 쪼그리고 앉아 있었다.

'찾았다.'

모용전은 회심의 미소를 지으면서 장건에게로 걸어갔다.

'어떤 말을 먼저 할까나?'

사실 얘기의 순서는 별로 중요하지 않았다. 굳이 설득하려고 애쓸 필요도 없었다.

제갈영과 황보윤이 비무를 하게 되었다, 그러니 참관인으로 나와달라.

그 말만 하면 되는 것이다.

하지만…….

*   *   *

장건은 딱 잘라 거절했다.

두 번 생각하지도 않았다.

"안 되겠는데요."

평소라면 상대의 눈치를 보아가며 미안한 투로 말끝을 흐렸을 장건이다. 그런데 그런 장건이 대뜸 인상을 딱딱하게 굳히며 거절을 한 것이다.

"……"

모용전은 잠시 할 말을 잃었다.

아, 그대가 소문의 장 소협이냐. 정말 대단하다. 소림의 명성이 사해를 떨치고 있다…… 이런 말들로 시작해서 본론을 꺼냈는데 장건의 대답은 딱 그 한 마디였다.

머리 회전이 빠른 모용전이지만 이런 상황은 조금도 생각해 보지 못했다.

그래서 대처가 늦었다.

"아, 저…… 제갈 소저가 장 소협과는 친분이 좀 있다고 들었습니다만……."

궁여지책으로 모용전이 꺼낸 말은 겨우 그것이었다.

장건이 순진한 소처럼 맑은 눈망울로 모용전을 보며 되물었다.

"제가 옆에서 구경해줬으면 좋겠다고 영이가 그러던가요?"

"그건 아니지만……."

장건은 별로 미안해 보이지도 않는 표정으로 말했다.

"영이가 와달라고 해도 지금은 어쩔 수 없겠네요. 보다시피 할 일이 좀 있어서요."

모용전은 그제야 장건이 무엇을 하고 있나 보게 되었다.

무슨 일이 있는지 창고의 문은 활짝 열려 있고 쌀가마니가 줄줄이 쌓여 있었다. 바닥에는 흰 광목천을 넓게 깔아두고는 그 위에 쌀알을 잔뜩 뿌려 놓았다.

마치 물에 젖은 쌀을 말리는 듯했는데, 자세히 보니 그것도 아닌 모양이다. 장건은 그 앞에 쪼그리고 앉아 뭔가를 골라내고 있었던 것이다.

"그러고 보니…… 뭘 하시는 겁니까?"

모용전은 '얼마나 대단한 걸 하기에 비무 참관 요청까지 거절하는 거냐?'고 묻고 싶은 걸 애써 참았다.

장건이 대답했다.

"한겨울인데 무슨 쌀벌레가 생겼다고 해서요. 일손도 모자라고 해서 도우러 왔어요. 아무래도 요즘 날씨가 포근하고 왕

고가 따뜻하다 보니 벌레가 생겼나 봐요."
"쌀……벌레요?"
"네. 바구미요."
모용전은 얼굴이 슬쩍 달아올랐다.
'고작 쌀벌레를 잡는다고 거절한 거였냐!'
모용전이 표정관리를 하며 다시 말을 꺼냈다.
"그깟 바구미보다는 제갈 소저의 비무가 더 중요하지 않겠습니까?"
"네?"
장건은 오히려 모용전을 이해하지 못하겠다는 듯한 말투로 언성을 높여 반문했다.
"바구미가 얼마나 고약하고 나쁜 놈들인데요!"
모용전은 얼굴이 일그러지려는 걸 겨우 참았다.
'바구미와 전생에 무슨 악연이라도 있었나. 왜 그깟 쓸데없는 일로 성을 내는 거야?'
모용전이 말했다.
"물론 바구미는 해충입니다. 하지만 그래봤자 고작 벌레지요."
"그건 바구미를 잘 몰라서 하시는 말씀이에요."
"제가 뭘 모른단 말입니까?"
장건이 고개를 끄덕거리며 설명했다.
"저도 아까 스님들께 듣기 전까지는 몰랐는데요. 바구미는 낱알을 파고 그 안에 하나씩 알을 낳거든요? 근데 바구미 한 마리가 무려 3백 개의 알을 낳는대요!"

"아아, 그것 참 놀라운 일이군요."

하지만 모용전의 얼굴은 놀랍다는 표정이 아니었다. 비무 참관 요청을 하러 와서 왜 이런 쓸데없는 얘기를 해야 하는지 스스로 자괴감이 들 정도였다.

모용전의 표정을 본 장건이 오히려 답답하다는 듯 언성을 높였다.

"아니아니, 그냥 놀라운 게 아니라구요! 태어난 3백 마리의 새끼 바구미는 당연히 그 쌀을 먹겠죠? 그리고 또 알을 낳구요. 제가 끼니 때 먹는 밥 한 공기의 쌀알이 9천3백 톨 정도니깐 바구미 30마리가 한 번씩만 알을 낳아도 밥 한 공기가 뚝딱 사라지는 거예요! 먹어보지도 못하고 그냥 허공으로 사라져 버리는 거라구요!"

모용전은 왠지 모를 분노가 치미는 걸 간신히 억눌렀다. 물론 대상은 바구미가 아니라 장건이다.

'밥 먹을 때마다 쌀알을 세냐! 내가 안 세어봤다고 거짓말 하는 거 아냐? 이런 젠장. 대체 그게 뭐가 중요해?'

장건의 얼굴이 너무나 진지해서 모용전은 순간 그것이 굉장히 대단한 일처럼 느껴졌다.

그러나 잘 따지고 보면 겨우 쌀 몇 톨, 아니, 밥 한 공기의 양이었다.

장건은 침까지 튀어가며 열변을 토했다.

"한 마리가 알을 3백 개 낳았다고 쳐 봐요. 그 3백 개의 알들이 또 3백 개씩의 알을 낳고, 또 그것들이 3백 개씩의 알을 낳으면…… 으아아! 내가 보름 먹을 쌀들이 순식간에 동이 날 거란 말예요!"

장건은 두통이 생기는지 이마까지 손으로 짚었다.

"진짜 생각만 해도 현기증이 날 것 같지 않아요?"

모용전은 자기도 모르게 '그런가?' 하고 장건의 말에 동조할 뻔했다. 하지만 잘 생각해 보니 장건의 말은 심하게 과장된 것이었다.

모용전은 금세 장건의 말이 얼토당토 않는다는 걸 깨닫고는 속으로 비명을 질렀다.

'바구미가 그렇게 알을 주구장창 낳고 번식을 해댔으면 온 세상이 바구미로 잔뜩 덮여 있어야 정상이잖아!'

모용전은 어이가 없어 '하하……' 하고 웃을 뻔했다. 장건은 손까지 바들거리면서 지독히도 분하다는 표정을 하고 있었던 것이다.

'이건 뭐, 표정만 보면 바구미가 강호 일통이라도 할 기셀세? 혹시 머리가 어떻게 된 거 아냐?'

그런 모용전의 마음을 아는지 모르는지 장건은 생각만 해도 아찔하다는 듯 한숨까지 '후우' 내쉬었다.

바구미가 강호를 정복하든 말든 장건에게는 그리 중요하지 않았다. 당장 먹을 쌀을 바구미들이 먹어 치우고 있다는 것, 게다가 내버려두면 기하급수적으로 늘어나 먹을 쌀들이 줄어 버린다는 게 중요했다.

그 얘기를 처음 들었을 때 얼마나 공포스럽고 경악스러웠는 지 장건은 소름까지 끼쳤었다.

"아무튼 전 바구미들이 창고의 쌀을 모두 먹어치우지 못하도록 빨리 잡아야 해요. 이러고 있는 동안에도 쌀이 수십 톨씩 사라지고 있을 거예요."

모용전의 얼굴이 살짝 일그러졌다.

비무를 참관하는 잠깐의 시간 동안 바구미를 잡지 않는다고 바구미들이 쌀 한가마니를 다 먹어치우기라도 하겠냐? 창고의 쌀을 다 먹어치우기라도 할 것 같냐? 그럼 이미 소림의 창고가 거덜났었어야지!'

장건의 성격을 모르는 모용전은 자신이 무시당하는 듯한 느낌까지 들었다.

생각지도 않은 손톱만 한 바구미 때문에 자신의 계획이 틀어지게 생겼다.

'살다살다 별 같잖은 얘기를 다 듣겠네.'

다른 사람들은 모두 계획을 성공시켰는데 자신만 실패한다면 무슨 꼴이 되겠는가. 특히나 양소은이 피식 웃으며 경멸스런 눈초리로 자신을 보기라도 한다면?

'젠장. 별것도 아닌 일로······.'

모용전은 마음을 가라앉히며 말했다.

"제갈 소저가 섭섭해 할 겁니다. 장 소협이 제갈 소저보다 쌀벌레를 더 소중히 생각한다는 걸 알게 된다면요."

"쌀벌레는 소중한 게 아니라 미운 거죠. 얘들은 귀한 쌀을 갉아먹는 해충이니까요."

"그러니까……."

친절하게도 장건이 설명을 덧붙였다.

"원래는 얘들도 다 먹고 살아야 한다고 밥 짓기 전까지는 적당히 내버려 뒀었는데요, 지금은 쌀이 모자라서 골라내는 거래요."

'그러니까 내 말은 그게 아니라고 이 개새끼야!' 라는 말이 목까지 치밀어 오른 모용전이었다.

다행히도 그 말이 나오기 전에 장건이 먼저 물었다.

"그리고 남의 비무를 굳이 봐야 할 필요는 없는 것 아닌가요?"

뭔가 말이 통하지 않는 기분이었다.

모용전은 어디서 말이 어긋나고 있는지 찾느라 고심을 해야 했다.

그때 장건의 곁에 있던 조그만 동자승이 장건에게 말했다.

"장건 사형. 비무에 참관하는 건 중요한 거예요. 혹시 비무 중에 부정이 있지 않은가, 도리에 어긋나는 행동은 없는가 봐야 하구요. 또 비무하는 사람에겐 아는 사람이 참관인으로 있으면 힘이 되기도 하죠."

"응? 그런 거야?"

모용전이 끼어들었다.

"이분 스님의 말이 옳습니다. 그래서 안 오시면 제갈 소저가 섭섭할 거라고 한 겁니다."

"하지만……."

장건은 못내 자리에서 일어서길 꺼렸다. 펼쳐놓은 쌀알 위를 스멀스멀 기어 다니는 바구미들을 자꾸만 힐끗힐끗 보면서 고민하는 기색이 역력하다.

"빨리 잡지 않으면 애들이 아까운 쌀을 먹어버릴 텐데…… 그렇다고 영이가 섭섭하다니 안 갈 수도 없고……."

모용전은 답답해졌다.

'쌀 몇 톨 따위로 이리도 진지하게 고민하다니!'

쌀 몇 톨과 여자아이를 두고 끙끙대며 고민하는 모습은 실로 충격적이었다.

'소문하고 달리 별로 안 친한가?'

모용전이 은근한 목소리로 장건을 꾀어 보았다.

"사실 다른 사람이라면 제가 장 소협을 찾지 않았을 겁니다. 제갈 소저의 상대가 황보가의 윤 소저인데 손속이 매우 독하다 하더군요. 아차하면 제갈 소저가 크게 다칠 수도 있는 노릇이라……."

"그래요? 영이는 왜 그런 사람하고 비무를 하겠대요?"

"이건 장 소협에게만 하는 얘긴데, 황보가와 제갈가의 사이가 그리 좋지 않답니다. 말이 비무지, 아마 꽤 격한 싸움이 될지도 모릅니다."

"그걸 제가 말려야 하는군요."

"너무 심해지면 그렇지요."

"우움."

이제야 장건이 제대로 고민하는 것 같아 모용전은 안심이 되었다.

이상한 데에 집착해서 그렇지 둘의 사이가 나쁜 건 아닌 모양이었다.

"비무가 언젠데요?"

"유시(酉時)에 산문 밖 공터에서 비무가 행해질 예정입니다. 시간에 맞춰 그리로 나오시면 됩니다."

"아! 지금 하는 게 아니네요? 그럼 괜찮아요. 유시면 저녁 공양 전이니 잘 됐네요."

"예?"

아까까진 망설이더니 갑자기 표정이 환해지는 모습이 의아하다.

모용전이 묻기도 전에 장건이 대답했다.

"좀 버겁긴 한데 그때까지면 다 끝날 것 같거든요. 아니다. 조금 시간이 부족하려나?"

모용전은 '설마?' 하는 생각에 창고 앞에 가득 쌓인 쌀가마니를 보았다.
 산더미처럼 가마니가 쌓여 있다. 어림잡아도 수십 가마니는 되어 보인다.
 그에 비해 바구미를 골라내는 인원은 십여 명 정도다.
 직접 바구미를 잡아본 적은 없지만, 모용전도 쌀알들 틈에서 벌레를 잡아내는 일이 쉽지 않다는 건 안다. 간혹 세가에서 하인, 하녀들이 하루 종일 뙤약볕 아래에 쌀을 펼쳐놓고 벌레를 골라내는 걸 보았다.
 두어 가마니의 쌀을 대여섯 명이 골라내는 데도 한나절은 족히 걸린다.
 손에도 잘 안 잡히는 낱알들 사이에서 그 낱알들보다 더 작은 깨알만 한 벌레를 골라내는 게 쉬운 일일 리 없지 않은가.
 게다가 하는 모습들을 보아 하니, 그래도 절이라고 바구미를 잡아 죽이지도 않는 모양이었다.
 벌레가 든 채로 밥을 지으면 역시나 벌레가 죽게 되니까 몇 번이고 보며 한 마리라도 남기지 않고 골라내야 한다.
 그 조그만 벌레를 안 죽이고 손으로 집어 빈 포대에 모아 놓고 있는 것이다. 죽이지 않고 살짝 집어 골라내야 하니 대충 막 잡아내는 것보다도 더 골치 아프고 시간이 오래 걸리는 일이다.
 '그런데 저 많은 걸 유시까지 다 할 수 있다고? 시간이 조금 부족한 게 아니라 아주 많이 부족할 텐데?'

지금이 사시(巳時)니 대략 세 시진, 그러니까 대충 반나절 남짓한 시간이면 수십 가마니를 다 볼 수 있단 뜻이다.

어지간해서는 속마음을 내색하지 않는 모용전의 얼굴에 믿지 못하겠다는 표정이 여실히 나타났다.

그러나 모용전이 옆에 서 있는 동자승과 승려들을 보니 모두들 장건의 말을 믿는 얼굴이다. 아무도 장건의 말을 장난으로 받아들이는 이가 없었다.

"그럼 전 빨리 일해야겠네요. 이따 유시에 비무하는 장소로 갈게요."

장건이 인사를 하는데도 모용전은 쉽사리 창고 앞에서 떠날 수가 없었다.

'도무지 모르겠구나. 대체 어떻게 해야 이 많은 가마니에서 쌀벌레를 골라낼 수 있다는 건지.'

자세히 보니 쌀벌레를 골라내기 위해 쪼그리고 앉은 건 장건 혼자뿐이고, 나머지 승려들은 다 일어서 있었다. 동자승들도 쌀벌레를 골라내는 게 아니라 손에 작은 삽자루나 쌀을 까부는 키 같은 것을 들고 있다.

더 궁금해진 모용전은 자리를 떠날 수가 없었다.

'가서 일이 성사되었다 알려야 하는데……'

모용전은 잠깐 동안만 장건의 행동을 지켜보다가 돌아가기로 했다.

일에 방해가 되지 않도록 조금 떨어진 곳에서 가만히 작업을 관찰했다.
 그러나 정작 장건이 쌀벌레를 골라내는 작업을 시작하자 모용전은 더더욱 발을 뗄 수가 없었다.
 '이건…… 이건 무슨!'
 모용전의 얼굴은 순식간에 경악으로 가득 찼다.

                    *   *   *

 "모용 형님은 왜 안 오시는 거야?"
 정자에서 모용전을 기다리고 있던 황보구가 투덜거렸다.
 "생각보다 좀 늦는데?"
 일을 끝낸 황보윤과 남궁지가 정자에 와 있었다. 남궁상과 팽탁, 양소은도 함께 모용전을 기다린다.
 남궁상은 발을 동동 구르기까지 했다.
 "아아, 할아버님께 말씀드리러 가야 하는데 왜 이렇게 안 오지?"
 아무래도 구대문파와 팔대세가 사이의 일이다. 검왕에게 미리 얘기를 해 두어야 제대로 비호를 받을 수 있다.
 한데 가장 쉬운 일을 맡은 모용전이 제일 늦으니 남궁호에게 말을 하러 갈 수가 없었다. 계획대로 차질 없이 일을 준비해 놓고 말을 해야지, 그 전에 말했다가 일이 틀어지기라도 하면 괜히 욕만 사발로 먹을 터였다.

"아무래도 가서 좀 찾아봐야겠다."

조바심을 이기지 못한 남궁상이 자리를 박차고 일어섰다.

"그러시오. 난 칼질이라도 좀 더 연습하고 있어야겠소."

장건과 대결할 생각에 팽탁은 잔뜩 상기된 얼굴이었다. 남궁상이 나가기도 전에 먼저 정자를 나선다.

"해검지의 병가(兵架)에서 내 도를 찾아서 공터에 가 있을 터이니 유시에 봅시다. 며칠 동안 손에 도를 안 들었더니 아주 좀이 쑤셔 죽겠소."

"같이 가요. 나도 오랜만에 창을 좀 쥐어야겠어요."

양소은이 함께 나섰다.

두 사람이 휑하니 가 버리자 남궁상도 잠깐 고민에 빠졌다.

"가만? 팽 형뿐만 아니라 나도 장 소협과 싸워야 되잖아. 그럼 나도 미리 검을 찾아서 연습을 해야······."

남궁지가 무미건조한 음성으로 말을 던졌다.

"그럴 필요······있어?"

남궁상이 어색하게 웃었다. 적어도 자신과 장건의 수준 차이는 아는 남궁상이다.

"없겠지? 나도 알아. 아니까 굳이 말하지 마라. 창피하다."

황보윤이 '쳇' 하고 혀를 찬다.

"남궁 오라버니는 검왕께 사사하였으면서 왜 그리 겁을 내요? 팽 소협처럼 그냥 밀어 붙여요. 난 그런 남자가 좋더라."

"황보 소저. 나야 할아버님께서 시키니 억지로 하는 거지만 팽 형이야 좋아서 싸우는 거잖소. 좀 이해해 주시오."

 문사명이 싸우는 모습을 눈앞에서 보지만 않았어도 남궁상은 이렇게 비굴하게 행동하지 않아도 되었을지 모른다.

 하지만 그 대단한 문사명조차 백리연의 추종자들 여럿을 상대하면서 조금이나마 고생했는데, 장건은 별 힘도 들이지 않고 전부를 쓰러뜨렸다.

 그러니 남궁상으로서는 장건과 싸우는 게 내킬 리가 없었다. 백이면 백, 싸워서 질 게 지극히 당연한 일이었다.

 "난 장 소협이 그렇게 대단하다고 생각하지 않아요. 솔직히 말이 돼요? 백 명이 넘는 무인들과 철비각 종유까지 한 방에 쓰러뜨렸다는 게. 분명 다른 꼼수를 썼을 거예요."

 "그건 황보 소저가 보지 않아서 하는 말이요."

 "말이 안 되잖아요. 그렇게 한 방에 다 쓰러뜨렸다면서 다친 사람 하나 없다는 건 있을 수 없는 일이죠. 소문이 과장되었든 소림에서 술수를 부렸든 둘 중 하나일 거예요."

 물론 황보윤이 아는 상식에서는 장건의 소문을 이해할 수 없다. 보통 무인 간의 싸움이라는 게 점혈을 하거나 칼로 단숨에 목을 치지 않으면 한 방에 끝날 리가 없는 것이다. 서로 치고받고 하다가 끝나는 게 정상이다.

 한 방에 끝나는 것이 한두 사람이라면 모를까, 백여 명이나 되는 사람들 전부가, 그것도 철비각이라는 이름난 고수까지 포함해서 죄다 고꾸라졌다고는 믿을 수가 없었다.

남궁상은 황보윤을 설득하는 것도 귀찮아졌다. 어차피 소경에게 코끼리가 어떻게 생겼다 말하는 거나 마찬가지 일이다. 직접 보지 않으면 알 수 없는 일이었다.

"후우. 저녁에 보면 알게 될 거요."

"피잇."

황보윤이 입을 삐죽 내밀었다.

"남궁 오라버니는 자기 실력을 너무 못 믿고 계세요. 그럼 저랑 내기할까요?"

"무슨 내기를 말이오?"

갑자기 황보윤이 자리에서 일어서더니 종종 걸음으로 남궁상에게 걸어가 귀엣말을 했다.

"팽 소협, 모용 소협, 그리고 남궁 오라버니까지. 최소한 세 사람이 전부 다 일합에 쓰러지지 않는다는 것에 절 걸겠어요."

"뭐, 뭘 건다구요?"

"저요. 절 건다구요. 제가 틀리면 절 마음대로 하셔도 좋아요."

깜짝 놀란 남궁상이 한 걸음을 떨어지자, 황보윤이 남궁상을 보며 배시시 웃었다.

"남궁 오라버니께선 뭘 거시겠어요?"

남궁상이 살짝 말을 더듬으며 대답했다.

"난 딱히 걸 게 없는데……."

"똑같은 걸 걸면 되죠."
"하지만……."
"싫으면 말구요."
"싫진 않소."
"그럼 내기 성립!"

얼떨결에 황보윤에게 넘어간 남궁상이었다. 황보윤은 눈매가 사납긴 하지만 미인 축에 속하는 얼굴이다. 세상에 어떤 남자가 미인을 마다하겠는가.

남궁상이 자기 가슴을 탁 쳤다.

"최선을 다해 보리다. 적어도 한 방에 나가떨어지지는 않도록 말이오."

"와아! 좋아라. 남궁 오라버니는 정말 멋지다니까요. 저랑 모용 소협 찾으러 같이 가요."

"그, 그럴까?"

황보윤은 팔짱을 끼듯 남궁상의 팔을 붙들고 함께 정자를 나섰다.

헤헤거리며 어쩔 줄 모르는 남궁상을 보며 남궁지가 조그만 소리를 내뱉었다.

"정말 바보라니까."

다행스럽게도 남궁상은 들을 수 없는 작은 소리였다. 황보구가 어깨를 으쓱이며 남궁지에게 다가왔다.

"우리 누님이 전부터 남궁 형님께 관심이 있었던 거 알죠?

저야 뭐…… 누님이 좋다면 상관없지만 말입니다."
 다른 사람은 다 소협이라 부르는데 남궁상에게만 오라버니라고 부르니 모를래야 모를 수 없다.
 "남궁 소저께선 어때요? 우리 누님이 마음에 듭니까?"
 남궁지의 무표정한 얼굴에 살짝 변화가 생겼다. 그건 황보구의 질문 때문이 아니라, 황보구가 은근히 거리를 좁혀왔기 때문이었다.
 "사실은 저도 예전부터 소저가……."
 황보구가 미묘한 어투로 남궁지에게 가까이 다가서다가 멈칫했다.
 황보구의 드러난 목에 소름이 쭉 돋아 있는 것이 남궁지의 눈에도 보였다.
 황보구가 이를 딱딱 부딪치며 고개를 돌렸다.
 화산의 젊은 무인, 문사명이 정자의 입구에 서서 황보구를 노려보고 있었다.
 "무, 문 대협."
 문사명의 눈동자가 불타는 듯했다.
 "물러서라."
 "저, 저는 그게 아니고……."
 지극히 낮은 음성으로 씹어 내뱉듯 문사명이 경고했다.
 "물러나라고 했다."
 어찌나 살기가 강하던지 황보구는 어깨를 잔뜩 움츠린 채

떨면서 뒷걸음질을 쳤다.

황보구가 남궁지에게 억지웃음을 지어 보였다.

"이, 이따 보죠. 무, 문 대협도요."

문사명은 대답하지 않았다. 그의 눈길은 오로지 남궁지만을 향해 있었다.

황보구는 완전히 주눅이 들어 문사명의 곁을 지나 정자를 나갔다.

정자에는 남궁지 혼자만 남았다.

문사명이 저벅저벅 정자로 걸어오더니 갑자기 손을 내밀었다.

그의 손에는 한 마리 학이 거꾸로 들려 있었다. 커다란 학의 긴 다리가 문사명의 손에 붙들려 있는 것이다.

남궁지는 미동도 없는 학과 문사명을 번갈아 보더니 물었다.

"……죽었어요?"

"살았소."

"용케 잡았네요."

"소저가 먹고 싶다 했으니."

남궁지가 문사명을 빤히 보며 말했다.

"웃어요."

잔뜩 경직된 표정이었는데도 문사명은 끙끙대며 활짝 웃으려 했다. 남궁지의 입가에도 절로 미소가 머금어졌다.

"내가…… 그렇게 좋아요?"

문사명이 힘차게 고개를 끄덕였다.

"그렇소."

"그럼…… 관둬요."

남궁지의 말은 두서가 없다. 그러나 문사명은 남궁지의 단순한 말에 들어 있는 복잡한 의미를 신기할 정도로 잘 알아듣는다.

"참관하기로 한 건 그만 둘 수 없소."

"생각해서 하는 말이에요."

"그만 둘 수는 없지만 소저가 날 생각해서 하는 말이라 참 기쁘오. 매화검 구성의 벽을 넘었을 때보다도 더 기쁘구려."

"……."

"내가 세가의 비무에 참관하게 되면 무슨 일이 벌어질지는 잘 알고 있소. 하지만 난 알고도 받아들였소."

"이제 내가 원해요. 그만 둬요."

"아니, 날 참관시키려 한 게 소저가 원한 일이 아니라는 것쯤은 나도 아오. 이것은 내가 원한 일이오."

남궁지는 아까부터 문사명을 계속해서 빤히 보고 있었다. 그러나 문사명은 얼굴에 홍조를 띠면서도 남궁지의 시선을 외면하지 않았다.

"난 패배자가 아니오. 당당하게 이겨 검왕 어르신 앞에 서겠소. 세가나 문파 사이의 관계 같은 건 내게 조금도 중요치 않소."

 남궁지가 또다시 표정의 변화를 일으켰다.

 "하아…… 바보 한 사람이 또 있네."

 문사명이 기분 좋게 웃었다.

 "이제야 날 인정해 주는구려."

 "바보로……."

 "어느 쪽이든 상관없소."

 문사명은 손에 든 학을 공중으로 던졌다.

 휙 하니 하늘로 던져진 학이 퍼뜩 정신이 들었는지 날개를 폈다. 그리고는 약이 오른 것처럼 정자 위를 서너 번 맴돌다가 멀리 날아가 버렸다.

 남궁지가 조용히 일어섰다.

 남궁지는 문사명과 마주한 채로 가만히 문사명의 가슴에 머리를 댔다.

 문사명은 떨리는 손으로 가만히 남궁지의 어깨와 등을 안고는 눈을 감았다.

 "……죽지 마요."

 남궁지의 말에 문사명은 다시 웃었다.

 "걱정 마시오. 내가 장 소협을 이긴다면, 그대의 할아버님께서 날 죽이려 드는 일은 없을 거요. 그래도 명색이 내 사부님과는 벗이시잖소."

 품 안에서 희미하게 웃는 남궁지의 목소리에 문사명은 죽도록 행복했다. 지금의 이 순간을, 그리고 미래를 위해서라도 반드시 그는 장건과 싸워야 하는 것이다.
 또한 싸웠을 때에는 당연히 이겨야 하고…….

*　　*　　*

 모용전은 자신의 눈을 의심했다.
 장건이 펼쳐놓은 쌀 위에 손을 대고 슥 문지르듯 휘젓자, 쌀알들이 고르게 펼쳐지는 것이었다.
 일부러 그렇게 하라 해도 못할 만큼 가지런히 쌀알들이 정리되고 있었다. 그렇게 평평하게 쌀알들이 펼쳐지자 그 속에 숨어 있던 까만 쌀벌레들이 어쩔 수 없이 모습을 드러냈다.
 원래 가만히 햇살 아래 내버려두면 절로 기어 나오는 게 쌀벌레의 습성이었다.
 그러나 그 잠깐의 시간도 아깝다는 듯 장건이 다시 한 번 그 위로 손을 휘저었다.
 놀랍게도 손이 지나갈 때마다 까만 점처럼 보이던 쌀벌레들이 순식간에 사라지고 하얀 쌀알만이 남았다.
 '뭐지? 벌레가 다 어디 갔지? 그냥 손바닥이 지나갔을 뿐인데 왜 벌레가 안 보여?'
 모용전은 당황했다. 고르게 펼쳐진 낱알들은 조금도 움직이지 않았는데 쌀벌레만 사라졌다.

모용전의 궁금증을 풀어주기라도 하듯 장건이 빈 포대 위에 손을 가져다 댔다.

토토토톡.

장건의 손바닥에서 쌀벌레들이 튀어나와 포대 안으로 떨어졌다. 죽은 것도 아닌 살아 있는 쌀벌레들이 포대를 기어 나오려 몸부림을 친다.

'손바닥에 무슨 아교가 붙어 있는 것도 아니고!'

아니, 아교가 발라져 있다 해도 쌀알들 중에서 벌레만 골라낸다는 게 말이나 될 법한 일인가?

모용전이 몇 번이나 눈을 비비고 다시 보아도 마찬가지였다.

한 번 손을 휘저으면 낟알들이 일렬로 정렬되고 다시 한 번 손을 저으면 쌀벌레들이 손에 붙는다. 그리고 손에 붙은 쌀벌레들을 빈 포대에 털어 넣는다.

곁에 있던 승려들은 뒷정리를 했다. 동자승들은 장건이 골라낸 쌀을 키나 작은 삽으로 퍼 담고, 건장한 승려들은 담은 포대를 다시 여며 창고로 들고 간다.

다른 승려들은 장건이 일을 하기 쉽도록 다시 광목천 위에 쌀을 쏟아둔다.

착착 일이 진행되니 그야말로 쌀 한 가마니는 순식간이다. 손만 휘휘 몇 번 내저으면 쌀벌레를 골라내는 일이 끝나버리니 오래 걸릴 것도 없다.

오히려 쌀을 퍼 담는 동자승들이 아우성이었다.
"장건 사형! 조금만 천천히 해 주세요. 팔이 아파 죽겠어요."
퍼 담은 쌀을 창고로 나르고 다시 새 가마니를 천 위에 쏟아야 하는 승려들도 마찬가지다. 거의 뛰듯이 창고를 오가는데도 장건의 속도를 따라잡지 못해 온몸이 땀으로 흠뻑 젖었다.
탄탄한 근육질의 승려들마저도 불평을 했다.
"헉헉…… 근육에 쥐가 날 것 같아. 수련하는 것보다 백 배는 더 힘들다고."
그러나 장건은 듣지도 못한 듯 완전히 작업에 몰두해 있다.
모용전은 마치 자신이 모르던 다른 세상에 와 있는 듯한 기분이었다.
'원래 소림에 쌀벌레를 골라내는 무공이라도 있는 건가?'
그럴 리가 없다는 걸 알면서도 왠지 그럴 것 같은 생각에 모용전의 궁금증은 자꾸만 증폭되어 갔다.
공력이 느껴지는 걸 보니 내공을 쓰는 모양이긴 한데 어떻게 쓰는지 도저히 감이 오지 않았다.
흉내만 내라고 해도 못할 지경이다.
'하는 말이나 생각만 기이한 줄 알았더니 행동까지도 기인(奇人) 수준이구나.'
모용전은 장건의 행동을 유심히 관찰했지만 아무런 단서도 찾을 수 없었다.

참지 못하고 모용전이 물었다.
"그건 어떻게 하는 겁니까?"
장건이 별로 어렵지 않다는 듯 대답했다.
"쌀을 쭉 펼쳐놓으면 잘 정렬이 되잖아요?"
"그, 그렇죠."
쌀을 펼친다고 장건처럼 정렬을 할 수 있는 사람이 얼마나 될까? 하지만 모용전은 다음 말을 듣기 위해 그런가 보다 하고 넘어가기로 했다.
"근데 쌀벌레는 살아있는 거라 꼬물거리잖아요. 음…… 그러니까 줄을 잘 서 있는데 누가 옆으로 삐져나오면 눈에 딱 띄고 막 거슬리죠?"
"그렇습니다만……."
"그럼 그것만 싹 골라내면 돼요. 줄 안 선 애들을 내공으로 붙여서 뽑아내는 거죠."
"……."
모용전은 하마터면 소리를 지를 뻔했다.
'도대체 그게 무슨 말이야! 하나도 알아들을 수가 없잖아!'
황당해하는 모용전을 보며 장건이 웃으면서 말했다.
"쉬워요. 눈 감고 바늘귀에 실 꿰는 거랑 비슷해요."
모용전은 울컥했다.
'그건 어려운 거잖아!'
어안이 벙벙할 지경이었다.

'뭐가 어떻게 된 녀석이기에…….'
확실히 보통 사람과는 다르다.
모용전은 더 묻지도 못하고 일에 빠져든 장건의 모습을 지켜볼 수밖에 없었다.
보면 볼수록 기이해 절로 한숨이 난다.
"휴우."
"후음."
모용전의 한숨과 비슷한 탄식이 그의 곁에서 터져 나왔다. 모용전이 돌아보고는 깜짝 놀랐다.
"검왕 어르신!"
검왕 남궁호가 모용전의 곁에 서 있었다. 남궁호는 모용전을 보고 고개를 슬쩍 끄덕였다.
"모용가의 둘째로군. 가내는 평안하고?"
"염려해주신 덕에 잘 지내고 있습니다."
"그렇군."
이내 남궁호는 장건에게로 시선을 옮겼다.
본래 남궁호는 남궁상에게만 일을 맡길 수 없어 창피를 무릅쓰고 직접 장건을 찾아 나왔다. 검성이 나섰으니 자신에게도 뭐라 욕할 수는 없을 거라 자위하면서.
한데 뜻밖의 장면을 보고 이렇게 멈춰 서게 된 것이다.
모용전은 조심스럽게 물었다.
"검왕 어르신. 송구하오나 한 가지만 여쭈어도 되겠습니까?"

"말해보게."

"저 수법이 어떤 수법입니까? 제 부족한 안목으로는 도통 알 수가 없습니다."

남궁호는 침묵했다.

잘 드러나지 않는 그의 표정에서 모용전은 검왕조차 장건의 수법을 모르는 게 아닐까 의심했다. 하지만 그는 검왕이었다. 무(武)의 끝에 거의 근접해 간 초인이었다.

'그런 사람이 모를 리가…….'

모용전의 생각이 무색하게 남궁호가 낮게 탄식했다.

"흡결을 이용하고 있다는 것밖에는 모르겠군."

스스로도 부끄러운지 목소리가 작았다.

남궁호 역시 모용전처럼 호기심을 참지 못했다.

"헛험."

남궁호가 지레 헛기침을 했다.

작업을 하던 승려들이 돌아보고 일어서서 반장을 했다. 하지만 정작 장건은 작업에서 손을 떼지 않았다.

'엄청난 집중력이군.'

모용전은 보지 못하지만 남궁호는 볼 수 있었다. 장건의 주위로 얇은 기의 막 같은 것이 둘러쳐져 있다. 스스로 인지하지 못하고 있지만 극도의 집중력을 발휘하면서 저절로 일어난 현상이다.

심득(心得)을 얻어 무아지경에 빠진 것과는 조금 다르다. 굳이 말하자면 강적을 앞에 두고 임전태세에 든 것과 비슷하다.

'아무리 봐도 이상한 놈이야.'

남궁호의 입장에서도 바구미 잡는 데 무슨 생사대적을 대하듯 하는 장건이 이해되지 않는 것이었다.

헛기침까지 한 마당에 물러설 수도 없으니 무안해진 남궁호였다.

'흠. 그렇다면······.'

약간의 오기가 생긴 남궁호가 서서히 공력을 끌어 올렸다.

모용전이 흠칫하며 한 걸음을 물러섰다. 부드럽고도 묵직한 무언가가 사방에서 몸을 결박한 느낌이었다.

제왕검형!

주위의 모든 사물을 다스린다는 제왕의 검이다.

공기와 대지, 그리고 살아있는 생명체들 모두가 남궁호의 의지에 따라 속박되는 것이다.

제왕검형의 권역 안에서 남궁호는 무적에 가깝다. 제왕검형이 퍼뜨리는 기의 권역(圈域) 내에서는 누구도 남궁호의 뜻을 거스르지 못한다. 무인은 내공을 주천시킬 수도 없으며 마음대로 검을 휘두르지도 못한다. 사나운 맹수도 살기를 접고 무릎을 꿇는다.

그 제왕검형의 권역이 서서히 사방으로 퍼지고 있었다.

곁에 있던 모용전은 마른침을 꿀꺽 삼키려 했으나 그것도 쉽지 않았다. 몸이 제 것이 아닌 양 말을 듣지 않는다. 숨 쉬는 것도 껄끄럽다.

작업을 하던 소림의 동자승과 승려들도 손을 멈추었다.

'무슨 일이지?' 하는 표정으로 눈을 동그랗게 뜨고 남궁호를 쳐다보았다. 별안간 몸이 굳어 버리니 작업을 계속 하고 싶어도 어쩔 수가 없었다.

장건도 드디어 남궁호의 존재를, 아니, 정확하게 말하자면 자신을 침범하는 제왕검형의 기를 느꼈다.

"아이 씨! 누가 자꾸 일하는 데 방해하는 거야?"

스스슥.

장건은 쪼그리고 앉은 채로 미끄러지듯 옆으로 이동했다. 멋지다기보다는 기괴망측한 모습이라 모용전은 어이가 없어 웃을 뻔했다.

'사람이 저렇게 움직일 수 있는 건가?'

고승들이 가부좌를 튼 채 허공을 날아다닌다는 옛날이야기는 들어봤어도 쪼그리고 앉아 있다가 움직이는 건 처음 봤다.

그러나 남궁호는 웃지 않았다.

권역 안에 들어서기 전에 장건이 범위 밖으로 달아난 까닭이다.

다시금 둥근 원형의 권역이 늘어나면서 장건을 덮쳤다.

장건은 마치 눈에 보이기라도 하는 것처럼 '이크!' 하고 뒤로 훌쩍 물러났다. 그리고는 소리쳤다.

"할아버지는 누구신데, 왜 제 일을 방해하는 거예요?"

"난 남궁호라고 한다. 네게 묻고 싶은 게 있는데 네가 모른 척하고 있으니 조금 뿔이 나서 말이다."

"물어볼 거면 그냥 물어보시면 되지, 왜 사람을 괴롭히시냐구요. 그리고 전 모른 척한 적 없거든요?"

장건이 뚱하게 볼을 부풀렸다.

남궁호의 한쪽 눈썹 끝이 약간 흔들렸다.

"이왕 이렇게 되었으니 잠시 같이 놀아볼까 하는데."

"다른 사람하고 노세요. 전 바빠요."

모용전은 '히엑!' 하는 소리가 목까지 치밀었다.

감히 천하의 검왕에게 저런 불경한 태도로 말을 하다니!

게다가 장건은 시간이 아깝다는 듯 발을 동동 구르면서 얼굴을 찌푸리고 있기까지 했다.

모용전은 깜짝 놀라서 남궁호의 눈치를 살폈다.

남궁호도 기가 막혔는지 허탈하게 웃었다. 남궁호를 아는 소림의 승려들만 눈을 휘둥그레 뜰 뿐이다.

한데 돌연 장건이 기겁하며 소리를 질렀다.

"악! 빨리 치워요, 치워!"

"뭐라고?"

"그 앞에 있는 바구미들 다 죽잖아요! 죽으면 골라내기 힘들단 말이에요!"

장건의 생각에 작은 바구미들은 남궁호가 뿜어낸 기의 파장을 견뎌내지 못할 것 같았다.

"안 죽는다."

"죽을 것 같은데요! 빨리 치우세요."

남궁호가 인상을 썼다.

기분이 상했다.

한낱 바구미 때문에 제왕검형을 무슨 거추장스러운 쓰레기라도 되는 양 치우라고 말하다니! 그것도 장난이 아니라 정말 급하다는 투로!

"그렇게 보기 싫으면 네가 치워 보려무나."

남궁호가 더 공력을 끌어올렸다.

장난으로 시작했는데 기분이 나빠져 장난이 아니게 되어 버렸다.

한층 더해진 남궁호의 내공이 제왕검형의 권역에 스며들었다. 대기가 묵직하게 눌리며 사방으로 퍼져 나간다.

파스스스스!

풀과 나무들이 몸을 떨고 바닥이 부르르 진동했다.

"큭!"

모용전과 승려들의 입에서 다급한 신음이 튀어 나왔다.

단순히 기에 눌린 것이 아니라 정말로 옴짝달싹 못하게 만드는 기운이 전신을 옭아맸다.

"어, 어르신!"

수천 근이나 되는 돌에 눌린 듯 압력이 거세지자 모용전이

온 힘을 짜내어 한 마디를 내뱉었다.

남궁호는 화가 좀 났더라도 이성을 잃은 건 아니었다.

남궁호가 양 소매를 휘휘 젓자 모용전의 몸이 둥실 뜨며 바람을 받은 돛단배처럼 제왕검형의 권역 밖으로 밀려 나갔다. 그리고 다른 승려들과 동자승들 역시 마찬가지로 권역 밖으로 추방되었다.

"후욱후욱."

모용전은 가쁜 숨을 몰아쉬었다.

우내십존의 명성이 괜히 높은 게 아니다. 만일 제왕검형이 발현된 상태로 남궁호가 다가와 검을 내려친다면 모용전은 반항도 못해 보고 명을 달리했을 것이다.

장건과 작업을 함께하던 소림의 승려들이 외쳤다.

"이 무슨 짓입니까!"

"당장 기운을 거두십시오!"

남궁호는 태연하게, 하지만 약간 노기를 띤 음성으로 장건을 보며 말했다.

"사람들이 오냐오냐 하며 떠받들어 주었더니 하늘 높은 줄 모르고 건방을 떠는구나. 오늘 한번 혼나 볼 테냐?"

장건은 왠지 모르게 안절부절못하며 대답했다.

"제가 뭘 잘못했다고 또 이러시는 거예요. 알았으니까 일단 그것 좀 치우세요. 네?"

"이 녀석이?"

장건이 볼멘소리를 냈다.

"이러다가 바구미 다 죽으면 오늘 내로 다 못한단 말예요! 오늘 가야 될 데도 있고 할 일도 많은데 못하면 할아버지가 책임지실 거예요?"

빠직!

남궁호도 화가 났다.

"오냐, 책임지마! 어디 네가 나를 책임지도록 만들어 보아라!"

제왕검형의 권역이 더욱 묵직해졌다.

* * *

"뭐냐, 또."

계율원에서 집무를 보던 원호의 감각에 묘한 기운이 잡혔다. 얼마나 엄청난 기운인지 꽤 먼 거리인 것 같은데도 무게감이 느껴졌다.

"이 거리에서 느껴질 정도의 기운이면…… 어디지?"

원호가 기운이 느껴지는 방향을 가늠해 보았다. 아직 방장 굉운처럼 높은 경지에 있지는 못하기에 기운을 느끼는 것이 녹록치 않았다.

그나마 굉자배와의 갈등을 풀면서 조금이나마 무위가 상승한 덕에 알아챈 것이다.

잠시 동안 원호는 방향을 가늠하다가 화들짝 놀랐다.

"이 방향이면, 설마?"

아침에 장건이 간 공양간의 방향이었다. 정확히 느낄 수 있으면 좋으련만 애매하게 느껴져서 확신은 할 수 없었다.

새벽에 공양간에서 쌀에 벌레가 생겼다고 사람을 좀 쓰게 해달라는 요청이 있었다.

원호는 아무 생각 없이 장건을 비롯해 속가제자들 몇을 보냈다. 한데 장건이 워낙 일을 잘해서 다른 아이들은 필요 없다고 굉료가 나머지를 돌려보냈던 것이다.

"일도 잘하고 있다 했으니 별일이 있을 리가 없는데……."

원호가 아무리 생각해 봐도 큰일이 벌어질만한 이유가 없었다.

하지만 분명히 큰 기운이 느껴지고 있었다.

"고작 쌀에서 벌레 골라내는 일이다. 그까짓 일에 또 무슨 큰일이 벌어지려고 이러느냔 말이다!"

별반 대수롭지 않은 일에 이토록 불안한 예감이 드는 것은 무슨 이유일까?

원호는 그 대수롭지 않은 일에 '장건'이 개입되어 있을 거란 예감을 좀처럼 떨쳐버릴 수가 없었다.

"끄응."

원호는 골머리가 아파오는 것을 느끼며 머리를 감싸 쥐었다.

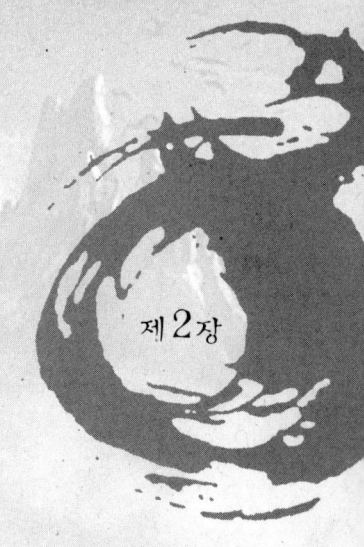

제 2 장

제왕검형에 맞서다!

　장건은 깊게 숨을 들이마셨다가 내쉬었다.
　짜증도 나고 화도 났다.
　'아, 진짜 왜 이렇게 나를 못 잡아먹어서 안달 난 사람들이 많은 거야?'
　다른 때라면 장건도 이렇게 화가 나지 않았을 터였다.
　하지만 지금은 그럴 때가 아니었다.
　이 순간에도 어미 바구미와 새끼 바구미들은 '이히히, 맛있구나. 우리가 건이 녀석이 먹을 쌀까지 다 먹어 버리자.'라면서 열심히 쌀을 파먹고 있을 것이다!
　맛난 쌀을 파먹으면서 이히히, 웃고 있을…… 먹으면서 똥까지 싸고 있을 바구미들의 모습이 장건의 머릿속에 떠오르고 있었다.

 '아까운 쌀!'

 없어지는 쌀들에 비례해 땡땡하게 부풀어 오를 바구미들의 배를 생각하면 아까워 죽을 것 같았다. 한시라도 빨리 바구미를 척결해야 한다는 조급함에 안달이 날 지경이었다.

 장건은 눈을 찌릿하게 떴다.

 '비무하자는 것도 귀찮아 죽겠는데 이젠 일하는 곳까지 찾아와서 방해를 하다니.'

 순간 뿌연 김 같은 것이 장건의 발끝을 건드렸다.

 "이크!"

 놀란 장건이 발을 오므리며 반걸음을 물러났다. 뭔지 몰라도 그것이 기의 일종이라는 건 알았다.

 '근데 대체 이게 뭐야?'

 이제 안법에도 익숙해진 장건은 순식간에 기를 끌어 올려 암법(暗法)과 명법(明法)을 번갈아 썼다.

 '응?'

 장건은 저도 모르게 '우와' 하고 탄성을 지를 뻔했다.

 남궁호가 눈을 어지럽힐 만큼 현란한 잿빛 덩어리에 둘러싸여 있었던 것이다.

 남궁호의 몸에 커다란 기둥 같은 덩어리가 하나 서 있었고 그 주위를 수많은 작은 구슬들이 호위하듯 맴돈다. 작은 빛 역시 잿빛을 띠고 있다.

그것이 남궁호의 위기였다.

'정말 희한하네. 아니, 희한한 건 희한한 거고, 바빠 죽겠는데 나한테 왜 이래?'

그래도 위기가 저런 식으로 발현되는 걸 본 건 처음이었다. 아마도 남궁호가 익힌 무공의 영향으로 위기가 사용되거나 변형된 모양이다.

자세히 보니 기둥처럼 보인 덩어리는 정말 기둥이 아니었다. 커다란 잿빛 위기의 덩어리가 엄청난 속도로 남궁호의 기경팔맥을 돌고 있어서 기둥처럼 보인 것이다. 보통 사람보다 수십 배는 더 빠른 속도로 돌고 있다.

그것은 마치 하늘로 검극을 향한 검의 형상을 하고 있었다. 얼핏 보면 검이 주변을 장악한 듯한 모습이다.

'대단하다······.'

거기다 남궁호의 무위가 높은 만큼 그의 위기는 완전히 불투명할 정도로 색이 짙다. 안법을 번갈아 쓰지 않으면 잿빛 덩어리들 때문에 남궁호의 모습이 잘 보이지 않을 지경이다.

그 커다란 잿빛 위기의 덩어리는 가공할 속도로 빠르게 움직이며 마치 파편처럼 연신 작은 덩어리들을 튕겨낸다.

작은 덩어리들은 원심력에 의해 사방으로 튕겨지며 남궁호를 중심으로 회전한다. 그래서 제왕검형의 권역은 커다란 원을 그린다.

사람의 기세라는 것은 위기에서 나온다. 기세가 눌린다는 건 자신보다 강한 상대의 위기를 대했을 때 느끼는 것이다. 당연히 저 지고한 경지의 고수가 내뿜는 위기에 부딪치게 되면 압박을 받게 된다.

 비록 작은 덩어리라 하더라도 농도가 무시무시하게 짙고 가속까지 붙어 힘이 배가되어 있다. 덩어리 하나하나가 일급 고수가 지닌 위기와 비슷하다.

 비슷한 무위를 가진 사람이 아니면 정면으로는 저 덩어리들을 받아내며 움직일 수 없다. 모용전과 소림승들이 꼼짝도 못하고 움츠러든 것처럼 말이다.

 어느새 장건은 신기한 수법에 빠져들었다.

 '흐응.'

 한눈에 보기에도 장건보다 훨씬 높은 무위를 가진 사람이다. 장건도 그 안으로 들어선다면 움츠러들어서 움직이기 힘들 터였다.

 하지만 장건은 그 안으로 들어설 생각이 조금도 없었다.

 작은 위기의 덩어리 하나가 쏜살같이 장건의 몸을 향해 달려든다. 장건이 슬쩍 허리를 뒤로 젖히니 덩어리는 타원형의 궤도를 그리며 장건의 코앞을 스쳐 지나간다.

 덩어리의 속도가 너무 빨라서 아차 하면 부딪칠 뻔했다.

 '정말 신기하네.'

 문각의 백보신권이 자연의 기, 내공으로 인간이 가진 본래의 기를 타격하는 수법이라면, 남궁호의 제왕검형은 인간이 가진 본래의 기, 위기로 상대의 위기를 억눌러 제압하는 수법이다.

기세로 상대를 주눅 들게 만드는 것을 무공화한 것이라고 볼 수 있다. 다만 그 기세가 상상도 못할 만큼 무지막지하다는 것이다.

'어쨌거나 맥은 문각선사님의 백보신권과 비슷하구나.'

같은 '검(劍)' 자가 붙었지만 검성과 검왕의 수법은 완연히 다르다.

저 무시무시한 위기의 덩어리들이 난무하는 제왕검형의 범위 안에서 펼쳐지는 남궁호의 검은 아무리 하류의 검법이라 하더라도 무시무시할 것이다.

원정 온 적을 안방에서 맞이하는 것과 흡사하다. 심하게 말하자면 반칙이나 마찬가지다.

고수들이 자신보다 실력이 떨어지는 하수에게도 방심하다가 당하는 경우가 종종 있는데, 남궁호는 단 한 번도 그런 적이 없었다. 오히려 자신보다 약한 하수에게는 완벽할 정도로 강했다.

자신보다 낮은 상대를 철저하게 짓누르는 힘.

그것이 바로 제왕검형이었다.

'정말 무공이란 알면 알수록 신기하구나.'

장건은 고개를 끄덕였다.

무공에 관심을 갖지 않으려 해도 이런 새로운 수법을 보면 또 흥미가 생기는 건 어쩔 수 없었다.

어쨌거나 남궁호의 제왕검형은 다른 사람에게는 몰라도 장건에게는 큰 위협이 되지 못하는 것이었다. 제왕검형에 거의 영향을 받지 않을 사람 몇을 꼽는다면 현 강호에서는 우내십존 정도에 불과했다.

장건은 남들이 보지 못하는 위기를 볼 수 있으니 쉽사리 제왕검형의 권역 안에 갇히지 않았다. 아무리 빠르고 수가 많다 한들 위기의 덩어리들이 일정한 원을 그리고 있으니 그 밖으로 피하면 그만이었다.

게다가 결정적으로……

장건은 위기를 타격할 수 있는 방법을 알고 있었다.

* * *

남궁호의 기운을 느끼고 달려온 윤언강과 허량은 일찌감치 자리를 잡고 구경하던 풍진을 만났다.

풍진이 핀잔을 던졌다.

"이놈의 늙은이들은 이게 문제야. 하여튼 뭐 재미난 일 없나 하고 돌아다니다가 건수만 생기면 득달같이 달려든다니까."

허량이 대꾸했다.

"그러는 넌 우리보다도 더 먼저 달려왔잖아?"
"나야 선구안을 가지고 한참 전부터 와 있었지. 딴 거 볼 거 없어. 소림에선 쟤만 쫓아다니면 볼거리가 생기는데 뭐 하러 이리저리 돌아다녀?"
 둘의 말다툼에 윤언강은 별 관심이 없었다. 남궁호와 장건이 대립하는 모습을 본 윤언강이 얼굴을 찌푸렸다.
"남궁호, 저 친구가 좀 화가 났나 보구만."
"내 볼 땐 장난이나 쳐볼까 한 것 같은데, 지금은 아주 애를 잡으려 들고 있더만."
 윤언강의 얼굴 표정은 좋지 못했다. 제자와의 비무를 앞둔 장건에게 남궁호가 해를 가하기라도 하면 골치가 아파지는 것이다.
 하지만 무당으로 돌아가고 싶지 않은 허량이나 제자가 뭘 하든 관심 없는 풍진으로서는 그저 재미난 구경거리일 뿐이었다.
 괜히 문사명이 먼저 장건과 비무를 하게 되어 무당이나 청성이 화산에 뒤쳐진다는 소리를 들을 바에야 지금이 훨씬 나았다.
"말려야겠군."
 윤언강이 막 나서려 하는데 허량과 풍진이 말렸다.
"아서. 가만 있어봐. 이제 막 재밌어지려 하는데 왜 찬물을 끼얹으려고?"

"괜히 끼어들었다가 주책 부린다는 소리나 듣지 말고 여기 앉아서 구경이나 해."

윤언강이 별수 없이 걸음을 멈추자, 한순간도 놓치기 아깝다는 듯 허량과 풍진은 바로 고개를 돌려 장건과 남궁호를 보았다.

"저 조그만 녀석은 남들보다 기감(氣感)이 월등한가? 어떻게 족족 제왕검형의 사정권에서 벗어나지?"

"가만 보면 뭔가 피하는 듯 움직이고 있는 거잖냐. 거의 움직이지 않는 것처럼 보이지만 자세히 보면 뭘 피하면서 움직이는 거야."

"남궁가 놈이 살검(殺劍)이라도 날리는 중인가?"

유형화된 살기를 쏘아내어 장건을 공격하느냐고 물은 것이다. 그에 대한 대답 대신 풍진이 면박을 주었다.

"이놈아, 그럼 우리가 모를 리 없잖아."

"하긴, 살검을 날렸으면 우중충한 살기가 느껴져야 정상이지."

가만히 보고 있던 윤언강도 한 마디를 할 수밖에 없었다.

"내 눈이 잘못된 것인지 모르겠으나, 보법을 밟고 있는데 그게 마치 공동파의 제마보처럼 보이네. 허……."

"전엔 나한보라고 들었는데? 거 봐. 나한보잖아."

"저건 곤륜파의 천종미리보 아냐?"

장건의 움직임은 굉장히 최소화 되어 있다. 보법을 밟아도 걸음으로 밟는 게 아니라 발끝으로 조금씩 움직인다. 멀리서 보면 가만히 있는 것처럼 보인다.

십여 장도 넘게 떨어져 있다고는 해도 우내십존의 눈을 속일 수는 없다.

허량의 얼굴이 일그러졌다.

"문각선사는 무슨 개뿔…… 홍오의 진전을 이은 게 맞구만. 아니지, 홍오가 훔친 무공을 다 이어받은 것 같구만."

장건과 직접 손을 맞댄 허량이지만, 장건이 공동파나 곤륜파의 무공을 견식할 기회가 딱히 없었다는 것 정도는 안다. 단번에 배운다고 해도 홍오가 보여주었으니 배웠을 터다.

"저런 놈이 내 제자가 되었어야 하는데……."

안타까운 마음은 허량이나 윤언강도 마찬가지였다.

"그런데 대체 뭘 보고 피하는 거야? 설마하니 제왕검형을 보고 피하나?"

"제왕검형을 피하는 거라면 그냥 뒤로 물러나면 그만이지. 굳이 이리저리 제자리에서 움직일 필요는 없지 않은가."

윤언강의 말에 풍진이 고개를 갸웃했다.

"흐음…… 그럼 보통 사람은 보지 못하는 뭔가를 보고 있다는 얘긴데."

"아니면 우리가 모르는 수법으로 남궁가 놈이 공격을 하고 있거나."

장건이 우연찮게 안법을 잘못(?) 익혀 위기를 보게 되었다고는 그들조차 꿈에도 생각할 수 없었다.

윤언강이 풍진에게 물었다.

"한데 왜 남궁호 저 친구가 갑자기 손을 쓰게 된 건가?"

"아참!"

풍진이 돌연 무슨 생각이 들었는지 바닥에서 손톱만한 작은 돌멩이들을 주웠다.

그리곤 발로 땅을 쓱쓱 밀어 평평하게 만들고는 돌멩이들을 뿌렸다.

윤언강과 허량은 풍진이 갑자기 무슨 짓을 하나 싶어 풍진을 쳐다보았다.

"공기놀이라도 하자는 건가?"

"그게 아니고…… 잘 봐."

풍진이 쪼그리고 앉아 손바닥으로 땅 위를 훔치듯 슬쩍 휘저었다.

한 번 휘젓고 나자 바닥에 뿌려졌던 돌멩이들은 온데간데없이 사라져 있었다.

풍진이 손바닥을 내 보였다. 사라졌던 작은 돌멩이들이 풍진의 손바닥 안에 고스란히 놓여 있었다.

"그게 뭐 어쨌다고?"

허량이 한쪽 눈썹을 찡그리며 물었다.

하나의 물건이 아니라 여러 개의 물건을, 그것도 순식간에 손바닥에 붙이는 건 그들도 할 수 있는 것이었다.

"그건 그냥 단순히 흡결을 운용하는 것 뿐이잖냐?"

허량이 손을 내밀자 풍진의 손에 있던 돌멩이들이 허공을 둥둥 떠서 허량의 손 안으로 날아간다.

"이까짓 허공섭물이야 요즘은 개나 소나 다 한다던데, 이게 뭐?"

다른 사람들이 보았으면 기겁할만한 이야기를 허량은 아무렇지도 않게 했다. 대화를 나누는 이들의 면면이 이미 그쯤은 밥 먹는 것보다 쉬운 것이다.

풍진이 씨익 하고 웃었다. 마치 허량의 그런 반응을 기다렸다는 듯한 웃음이었다.

"그럼 이건 어떨까?"

풍진은 차마 돌멩이라고 부르기에는 무색한 작은 알갱이들을 내보였다. 손톱 반의 반도 안 되는 크기였다.

풍진은 다시 발로 땅을 밀었다. 이미 윤언강과 허량이 오기 전부터 연습하고 있었는지 작은 돌 하나 박힌 것 없이 땅이 매끈했다.

그 위에 풍진은 작은 알갱이들을 뿌렸다. 팔이 한쪽만 있지 않았다면 팔짱이라도 끼웠을 듯한 태도다.

"뭘 하자는 건지, 원."

허량은 제자리에 서서 손바닥을 땅 쪽으로 향했다.

휘익.

작은 알갱이들은 물론이고 바닥의 흙까지도 한 움큼 하늘로 떠올라 허량의 손바닥에 붙었다.
"응?"
허량이 눈썹을 추켜세우자 풍진이 낄낄댔다.
"가만 있어봐."
우수수.
허량은 손바닥에 붙은 흙과 알갱이들을 다시 떨구었다. 그리고는 풍진이 한 것처럼 쪼그리고 앉아 손바닥으로 땅을 훑었다. 땅에 닿지는 않게 하면서 반뼘 정도 거리를 두고 손바닥을 움직였다.
자석에라도 끌린 것처럼 알갱이들이 허량의 손바닥에 올라와 붙는다. 그러나 작은 알갱이들 뿐 아니라 흙도 일부 올라와 붙었다.
"아니? 이게 왜 이래?"
무거운 돌멩이를 당기는 것은 쉬운 일이다. 그러나 그보다도 훨씬 작은 돌멩이를 당기려 하니 그 힘에 의해 흙먼지가 날아와 함께 붙는다.
"낄낄낄."
풍진의 웃음에 허량의 얼굴이 붉으락푸르락 해졌다. 허량이 손을 탁탁 털면서 쏘아붙였다.
"넌 할 수 있냐? 할 수 있어서 웃는 거냐?"
"몇 번 연습하니까 겨우 되긴 하더라만. 생각보다 많이 피곤하더라고."

"이런 젠장, 차라리 십 리 밖의 돌멩이를 땡겨오라는 게 더 쉽겠다. 뭐 하러 이깟 일에 심력을 소모해?"

허량은 그렇게 말하면서도 재도전에 나섰다. 승부욕이 부족했다면 지금의 위치에까지 오르지도 못했을 것이다. 이름난 고수들은 모두 태생부터 승부욕이 강하다. 그래서 더 강해지고 점점 더 강해진다.

별것도 아닌 사소한 일이지만 승부욕이 끓어올랐다.

허량이 심혈을 기울여 천천히 손바닥으로 땅을 훔치자 그제야 제대로 알갱이들만 손바닥에 붙일 수 있게 되었다.

"어렵구만. 사람 살리고 죽이는 것보다 더 어려워. 흡결을 섬세하게 운용해서 기를 조절하지 않으면 안 돼."

풍진이 여전히 킬킬대며 말했다.

"만약 바닥의 흙이 쌀이고 돌멩이가 쌀벌레라면?"

"뭐?"

"쌀 한 가마니에서 그렇게 벌레를 골라내는 데 일다경도 안 걸린다면?"

윤언강과 허량이 서로를 마주보았다.

풍진이 어깨를 으쓱했다.

"너희도 궁금하지? 어떻게 그렇게 내공을 기가 막히게 운용할 수 있는지 궁금하겠지? 그래서 남궁호 녀석이 저러는 거야."

그 한마디로 모든 상황이 설명되었다.

"허!"

두말할 필요가 없었다.

세 노인은 즉시 고개를 돌렸다.

남궁호와 장건이 싸우는 모습도 궁금하지만 그 뒤의 일도 궁금했다.

* * *

'너무 빨라서 맞출 수 있으려나?'

장건은 잠시 고민하면서 눈앞을 휙휙 스쳐가는 작은 덩어리들을 주시하고 있다가 곧 공력을 끌어올려 손을 뻗었다. 주먹이 아니라 손끝에 공력을 담아 손가락으로 쳤다.

땅!

정확히 장건의 손가락에 하나의 파편이 걸려들었다.

하지만 남궁호가 지닌 위기의 일부 조각에 불과한 파편의 반발력은 생각보다 컸다.

"우앗!"

파편이 폭발하며 장건은 누가 잡아당긴 것처럼 뒤로 나동그라졌다.

"아고고."

장건은 쌓아둔 쌀가마니에 몸을 부딪치며 굴렀다.

"역시…… 적당히는 안 되는 모양이네."

정말 고수를 만난 듯하다.

철비각 종유의 위기를 파괴할 때에도 꽤 힘이 들었는데 지금 위기는 작은 덩어리임에도 불구하고 그만큼이나 세다. 그냥 평범한 덩어리가 아니라 남궁가의 비전 무공으로 위력이 배가(倍加)된 위기의 덩어리라 그러하다.

그것이 하나가 아니라 수십 조각이었다.

"역시 내공이 문제야. 요즘 좀 덜 먹어서 그런가? 앞으론 좀 더 열심히 먹어야겠다."

장건이 투덜대면서 일어섰다.

이를 본 모용전과 소림승들은 깜짝 놀랐다.

"뭐가 어떻게 된 거야!"

예닐곱 걸음도 더 떨어진 거리에서 장건이 허공으로 손가락을 퉁겼는데 뭔가 파열하는 금속성이 울리며 본인이 나가 떨어졌다.

무슨 일이 벌어진 것인지 알 수가 없었다.

정작 장건을 상대하고 있던 남궁호는 더 놀랐다.

장건이 손가락을 퉁기는 순간 제왕검형의 권역이 조금이지만 흔들렸던 것이다!

남궁호는 아주 약간이었다고 해도 왠지 가슴이 철렁했다는 것을 인정하고 싶지 않았다.

'이놈……'

어떤 방법으로 제왕검형을 건드렸는지는 모르지만 이건 자존심이 상할 문제였다.

 실제 남궁호의 무공 실력은 화산의 검성에 버금가는 검법에 있다. 제왕검형은 그의 검이 가진 위력을 한층 높여주는 검공의 일부일 뿐이다.

 강호를 종횡하던 때, 대부분의 경우 제왕검형만으로도 상대를 제압할 수 있었으나 제왕검형만 썼다면 남궁호는 검왕(劍王)으로 불리지 못했을 것이다.

 그러나 제왕검형이 남궁가의 비전인 동시에 남궁호가 가진 두 번째 검이라는 건 의심할 수 없는 사실이었다.

 조금 열을 받았다고 해서 마구잡이로 검을 휘두를 수도 없는 노릇.

 남궁호는 제왕검형을 끝까지 밀어붙이기로 했다.

 남궁호가 다시금 마음에 검을 세웠다.

 하지만 장건의 눈에는 남궁호와 겹쳐진 검 모양의 위기 덩어리가 더 뚜렷해지는 것으로 보였다.

 남궁호가 가진 본래의 위기가 더욱 가속하며 빨라지고 그에 따라 튕겨져 나오는 파편의 덩어리도 수가 많아지고 빨라졌다.

 장건도 피할 수만은 없었다. 피한다고 해 봐야 결국엔 어쩔 수 없이 물러날 뿐이니 이젠 반격할 때였다.

 장건이 함께 공력을 끌어 올리며 주먹을 뻗었다.

 쾅!

 파편이 부서지며 폭발 때문에 장건의 몸이 휘청거렸다.

장건은 이를 악물고 다시 권을 내밀었다.

가슴 앞에서 파편과 장건의 주먹이 맞부딪쳤다.

땡!

장건의 몸이 주르륵 밀려났다.

파편을 부수는 것보다 남궁호에게서 튕겨 나오는 파편의 수가 훨씬 많았다.

장건은 질린 얼굴이 되었다.

"와아……."

적이 몰려와 몇 명을 겨우 쓰러뜨렸는데 그 뒤에 십만 대군이 버티고 있는 것이나 마찬가지인 상황이었다.

* * *

"그런데 저 녀석은 아까부터 대체 뭘 치는 거야?"

장건은 그냥 허공에 주먹질을 하는 것뿐인데 뻥뻥 튕겨지는가 하면 살벌한 폭발음까지 나고 있었다.

"얼씨구? 그냥 허공에 뻘짓하는 게 아닌 모양인데? 남궁가놈이 움찔움찔 하잖아."

풍진은 손이 하나뿐인 것이 아쉽다는 듯 입맛을 다셨다.

"이럴 땐 박수라도 치면서 웃어야 제 맛이건만."

허량도 한 마디 했다.

"쯧쯧, 대검호(大劍豪)라는 놈이 새파랗게 젊은 녀석한테 저렇게 쩔쩔 매는 걸 보니 우내십존은커녕 우내구존이 될 날도 머지않아 보이네그려."

사람이 자기 당한 건 기억 못한다고, 허량은 남의 일처럼 남궁호가 당하는 걸 고소해 했다.

"우내구존이라고 하면 어감이 이상하잖냐. 차라리 딴 놈 하나 끼워서 우내십존 하면 되지."

"괜히 그러다가 우내십좆이니 뭐니 한다. 그냥 구존 해. 십좆보단 낫잖어."

"응? 우내십좆?"

풍진이 되물었다.

"아니, 어떤 에미애비도 없는 자라새끼가 그딴 소리를 해?"

"왜 양가장의 신창인지 뭔지 하는 꼬마 있잖아. 성질 더럽다고 소문난 놈. 그놈이 그랬대. 강호에 소문이 파다해."

풍진이 눈에 불을 켰다.

"그런 건방진 놈이 다 있나! 이거 사파나 마교보다 더 나쁜 놈일세?"

윤언강도 심기가 불편한 기색으로 허량에게 물었다.

"자넨 그런 말을 또 어디서 들었나?"

"젊은 사람들과 교류를 하다 보면 다 이것저것 주워듣는 게 생기는 법이지. 그러니까 자네들도 젊은 사람들하고 좀 어울려. 나이 많다고 위신만 세우다 보면 세대차이 난다고 따돌림 당한다."

윤언강이 빤히 허량을 쳐다보았다. 새파랗게 젊은 청년의 얼굴로 빙글빙글 웃고 있다.
"환골탈태 한 번 했다고 정말 젊어진 줄 아는 모양일세?"
"억울하면 너도 하든지."
둘이 그러고 있을 때도 풍진은 분을 못 참겠는지 이를 빠득거리고 갈았다.
"양가장의 신창이라고 했냐? 조만간에 어디 그놈 면상 좀 봐야쓰겄다. 내 앞에서도 그런 소리 할 수 있는가 보자."
허량이 풍진을 토닥였다.
"괜찮아. 네가 아니라도 그놈 아마 곧 혼쭐이 날 게야. 우내 십존에 좆들만 있는 게 아니라는 걸 알게 되겠지. 좆보다 무서운 게 있거던."
풍진은 그 말에 조금 기분이 나아진 듯했다. 허량의 말에 누군가를 떠올렸는지 살짝 몸서리도 쳤다.
"하긴 고 성깔에 그런 말을 들으면 아마 양가장은 쑥대밭이 되고도 남을걸. 나 같아도 고 무서운 것의 귀에 들어가지 않기만을 바랄 테니까. 아마 내 생각인데 '네 눈에 난 좆도 안 되게 보이냐!' 하면서 문부터 부수고 들어갈걸?"
"크크. 그러겠지. 그러고도 남겠지."
여전히 불편한 얼굴로 윤언강이 말했다.
"험. 자꾸 불편한 말 하지 말고 고운 말들 쓰게. 나이 들어서 그게 무슨 망측한 말들인가."

"다 늙어서 가리긴……."

"원래 세상일에 초탈하면 다 이렇게 가릴 게 없어지는 거야."

윤언강의 이마에도 힘줄이 돋았다.

"방금 젊어졌다고 한 친구가 늙어서 가린다고 순식간에 말을 바꾸는 건 뭐고, 소림에서 다짜고짜 칼질부터 한 친구가 세상일에 초탈했다는 건 또 뭔가?"

"아, 말이 그렇다는 거지. 이 노인네가 뭘 그리 따져, 따지긴."

"이래서 득도(得道)도 못한 잡것들하고는 말을 섞는 게 아냐. 에잉."

윤언강은 화가 났지만 그렇다고 대꾸를 하기엔 추잡스러워서 더 말을 하고 싶지도 않았다.

"그럼 너희들은 계속 좆타령이나 하든지!"

그렇게 말을 던진 윤언강은 괜히 화난 눈초리로 장건과 남궁호의 맞대결을 지켜볼 뿐이었다.

*　　*　　*

장건은 질겁했다.

겨우 두 번 연속으로 충돌했을 뿐인데 몽둥이로 얻어맞은 듯한 충격으로 몸이 울렸다.

"이러다간 저 파편들을 다 없애기도 전에 내 내공이 먼저 없어지겠네."

대환단과 독정으로 내공이 급증한 후에 장건도 자신의 내공이 적지 않다는 걸 알게 되었다.

또래인 소왕무나 대팔의 내공도 자기만큼은 되지 않았다. 무진도 자신보다는 적다. 그런데 그만한 내공으로도 저 노인을 상대하기가 쉽지 않았다.

내공이 지극한 수준인 문각이었다면 자신의 모든 내공을 쏟아 부어 단번에 백보신권을 날렸을 테고, 그랬다면 많은 파편이 한꺼번에 쓸려 나갔을 것이다. 파편이라고 해도 결국은 자신의 위기이니 위기를 크게 손상당한 남궁호는 먼저 무릎을 꿇을 수밖에 없었을지 모른다.

하나 아직 문각만큼의 내공을 쌓지 못한 장건에게는 난관일 수밖에 없었다.

성큼.

남궁호가 한 걸음을 내딛자 위기의 덩어리들도 그만큼을 앞으로 튀어나왔다.

핑핑핑핑—

유성추처럼 위기의 덩어리들이 마구 날아들었다.

장건은 급히 나한보를 밟으며 뒤로 물러서려 했지만 등 뒤에는 쌀가마니가 쌓여 있었다.

턱, 하고 등에 쌀가마니가 걸리자 장건은 아차 싶었다. 너무 노인의 몸에서 튀어나오는 위기만 생각하다 보니 뒤를 신경 쓰지 못했다.

'크, 큰일났다.'

장건이 멈칫한 순간.

이미 장건은 남궁호가 펼치는 제왕검형의 권역 내에 완전히 갇히고 말았다.

'으아아!'

남궁호의 몸에서 뿜어지듯 나오는 위기의 파편들이 순식간에 장건의 몸을 여러 번 투과하며 지나갔다.

대번에 몸이 뻣뻣해지고 어깨가 움츠러들었다. 다리가 묵직해지며 움직일 수가 없게 되었다.

휙휙휙!

어지러이 날아다니는 잿빛 위기의 파편들이 마구 몸을 통과할 때마다 장건은 현기증이 일었다.

눈으로 보지 않으면 차라리 다행인데, 뭔가가 몸을 뚫고 지나가는 광경을 똑똑히 보고 있는 것이다. 불쾌한 것보다 끔찍했다.

'빨리 벗어나야 되는데…… 이러다간 쌀을 바구미들이 다 먹어치우겠어!'

내공을 끌어 올리려 해도 잘 되지 않았다.

남궁호가 쏘아낸 위기의 파편들이 장건의 내부를 지나가며 내공의 흐름을 끊고 있었다. 경락을 따라 움직여야 할 내공이 뚝뚝 끊기며 단전에서 좀처럼 나올 생각을 하지 못한다.
 '망했다.'
 그동안 몇 번이나 목숨이 경각에 달하며 생사의 고비를 넘긴 장건이었지만 지금만큼 망연자실하기는 처음이었다.
 '이젠 어쩌지?'
 내공의 운행이 멈춰 안법이 풀리면서 위기도 더 이상 보이지 않게 되었다. 눈앞을 오가던 잿빛 덩어리들이 시야에서 사라지며 대신 남궁호의 얼굴이 눈에 들어왔다.
 남궁호는 마치 '알밤을 몇 대 때려줄까, 아니면 볼기를 까서 후려쳐줄까' 하고 즐겁게 상상하는 듯한 미소를 짓고 있었다.

*   *   *

"잡혔군."
"잡혔어."
"제왕검형에 갇히면 거의 끝났다고 봐야지."
 윤언강의 말에 허량과 풍진이 그를 돌아보았다.
"꼭 언제 상대해 본 사람처럼 말하네?"
"그러게?"
 윤언강이 헛기침을 하며 대답했다.
"젊었을 때 비무를 한 적이 있었네."
"호오, 그래서? 어떻게 됐어?"

"비겼네."

"진짜?"

"그럼 내가 뻔히 탄로 날 거짓말을 하겠나?"

"흐음."

윤언강은 허량과 풍진의 의심어린 눈초리를 받으며 설명했다.

"제왕검형의 영역 안에 들게 되면 우선 몸이 위축되네. 행공을 하는 것도 쉽지 않지. 뭐랄까…… 그래, 마치 잔뜩 몰린 군중의 한가운데에 끼어 있는 듯한 느낌일세. 팔다리를 움직이는데 내 몸 같지 않고 불편해져."

"그런데 어떻게 비겨? 그럼 남궁가 놈이 이겨야 말이 되는 거 아냐?"

"대신 남궁호 저 친구의 검도 둔해지지. 제왕검형을 유지하는데 상당한 내공이 소모되는 모양이야."

"오호라. 검에 집중을 못한다는 말이군?"

"말하자면 그런 셈일세. 하나 그 안에 든 나 또한 마찬가지고."

집중을 못한다고 해도 그 차이는 보통 고수가 알아채기 힘든 정도다. 하나 촌각으로도 생사를 가를 수 있는 경지에서는 그 차이도 어마어마하다.

풍진이 퉁하게 말을 내뱉었다.

"그게 뭐야. 결국은 그냥 물귀신이잖아. 너 죽고 나 죽자는 거 아냐."

"무공 수준이 비슷하다면 그렇단 말일세. 조금이라도 수준 차이가 있다면 격차가 훨씬 더 현격하게 벌어지겠지."

"흐음."

윤언강이 뭔가 찜찜한 듯 첨언했다.

"오래전의 일이니 지금 얘기는 아닐세."

"누가 뭐랬나? 젊었을 땐 둘 다 비슷했다고 인정해주지. 뭐 그깟 것쯤."

그때 풍진이 '어? 어?' 하며 허량의 어깨를 쳤다.

"왜 그래?"

"저거저거, 너희 무당파의 무공 아니냐? 태극경인지 뭔지 하는 그거. 흐느적흐느적 하는 게 딱 그 모양샌데?"

"엥?"

허량이 기겁하며 눈을 돌렸다.

윤언강도 '호오' 하고 탄성을 내뱉었다.

"홍오가 언제 저런 걸 가르쳤을까? 저건 무당의 비기(秘技)일 텐데."

허량은 눈을 휘둥그레 떴다가 이를 꽉 깨물었다. 턱의 힘줄이 튀어나올 정도로 도드라졌다.

"저 망할 녀석이!"

장건은 허공에 대고 허우적거리며 팔을 젓고 있는 중이었다. 언뜻 보면 헤엄이라도 연습하는 듯했다.

그러나 분명 어설프긴 한데, 거기에는 묘하게도 태극경의 이치가 담겨 있었다.

 단순한 원의 동작이 아니라 음과 양의 조화가 이루어지는 태극의 원리. 손과 함께 몸이 부드럽게 움직여 음양합일을 이루는 움직임.

 그것은 분명 절도와 강맹함을 주로 하는 소림의 무공하고는 거리가 먼 것이었다.

 풍진이 칼칼한 목소리로 웃어댔다.

 "아이고, 배꼽이야. 언제인지 몰라도 네놈까지 밑천을 털렸구나! 이놈 저놈 가릴 것 없이 꼬마 대도(大盜)에게 다 털려버렸어!"

 허량은 화가 나면서도 어쩔 줄 몰라했다.

 내원에 숨어들었다가 들통 난 사건은 다른 이들이 모르는 일이었다.

 그런데 하필이면 입 싼 풍진과 윤언강 앞에서 장건이 태극경을 쓸 줄이야!

 "저 빌어먹을 녀석은 왜 제대로 안 하고 엉터리로 해서 사람 꼴을 우습게 만들어? 이 녀석아, 하려면 제대로 해! 제대로!"

 그나마 허량이 할 수 있는 말은 그게 고작이었다.

제3장

장건이란 이름의 늪

장건은 도저히 제왕검형을 벗어날 수 없다는 사실에 눈앞이 깜깜했다.

위기의 흐름이 보이지 않아 피할 수도 없고 내공도 쓸 수 없다. 내공을 쓸 수 없으니 몸이 느리게 보인다 해도 피하지 못한다.

제왕검형의 범위에서 벗어나든 위기를 깨뜨리든 어쨌든 간에 내공은 쓸 수 있어야 하는데, 그것조차 못하니 암담한 것이다.

윤언강이 제왕검형 안에서도 남궁호와 검을 겨루었다지만 장건은 가만히 서 있는 것조차 힘들었다.

그래도 포기하진 않았다.

어떻게든 방법이 있을 거라고 스스로 다짐하며 방법을 강구했다.
그러다가 결국 방법을 떠올려 냈다.
바로 환야 허량이 썼던 그 수법이었다.
그 수법으로 위기의 파편들을 되돌릴 수 있다면?
할 수 있을지, 성공할지 알 수 없지만 그나마 내공을 쓸 수 없는 상태에서는 그것이 장건에게는 유일한 방법이었다.
그러나 장건은 곧 그 생각이 좋지 않다는 걸 깨달았다. 태극경으로 몸을 움직여 보았으나 정작 내공이 돌지 않아 남궁호의 위기를 잡을 수가 없었던 것이다.
'아, 내공을 안 쓰면 맨손으로 위기를 못 잡잖아. 이런 바보!'
위기는 사람의 몸에 흐르는 기다. 당연히 맨손으로는 만질 수도 없고 잡아서 던질 수도 없다.
'단전에 있는 내공을 손까지 옮겨야 하는데……'
내공을 끌어올릴 때마다 길이 툭툭 끊어지니 어쩔 도리가 없었다.
'하다못해 잠깐만이라도 파편을 피할 수 있다면……'
하지만 안법도 쓸 수 없어 파편의 움직임을 볼 수가 없다. 아무리 무수한 파편들이 마구 날아다닌다 하더라도 보이기만 하면 어떻게든 피해 볼 수는 있다.
아니, 당장에 다리를 움직일 수만 있어도 범위를 벗어날 수 있을 것이다.

'본다…… 본다…… 하지만 안법을 못 쓰니, 아!'

장건은 내공을 쓸 수 없다는 사실에 착안해 또 다른 생각을 떠올렸다.

'할아버지의 그것이라면?'

장건은 불목하니 노인의 은신술을 생각한 것이다.

내공을 모두 흩뜨려서 상대의 시야에서 모습을 감추고 존재감을 없애는 방법.

제왕검형의 위기는 존재감을 나타내는 기세이니 스스로 존재감을 감춘다면 압박을 적게 받을지도 몰랐다.

장건은 뻑뻑하게 느껴지는 호흡을 가다듬고는 단전을 나오지 못하는 내공을 밖으로 흩어버렸다.

물아일체.

자기가 자기 자신이 아닌 듯, 사물이 자신이 된 듯.

장건의 모습이 순식간에 옅어졌다.

스스로의 기를 몸 밖으로 뿌려 마치 아무것도 없는 공(空)이 된 것처럼, 장건은 자연 속에 녹아들었다.

쉴 새 없이 쏟아지는 위기의 파편들이 장건의 몸을 아무렇지 않게 통과하는데도 별다른 거리낌이 느껴지지 않았다.

장건은 발가락을 꼼지락거려 보았다.

'움직인다!'

지금 장건은 존재감이 없는 무(無)와도 같았다. 숨이 없는 시체와 살아있는 사람 간에 기세 싸움이 되지 않듯, 장건에게는 기세도 존재감도 없으니 상대의 기세에 몸이 짓눌릴 일이 없었다.
 장건은 천천히 걸음을 옮겼다.
 바람이 대기를 아무렇지 않게 통과하는 것처럼 장건은 서서히 제왕검형의 권역에서 벗어나고 있었다.

 남궁호는 무언가 이상해졌다는 걸 깨달았다.
 "음?"
 장건의 모습이 흐릿해졌다. 분명 몇 걸음 거리에 떨어져 있는데도 있는지 없는지 확신할 수가 없다.
 남궁호는 기감을 최대한으로 열었다.
 그는 제왕검형의 권역 내에 있는 모든 것을 느낄 수 있다. 마치 풍진이 자신만의 거리를 가지듯 남궁호도 눈으로 보지 않아도 제왕검형 내의 것들을 인식할 수 있는 것이다.
 그러나 제왕검형의 권역 내에서 조금씩 장건의 기척이 흐릿해지는가 싶더니, 곧 알아채기도 어려울 정도로 흐지부지 되어 버렸다.
 '이럴 수가!'
 남궁호는 기감으로 장건의 기운을 최대한 느끼면서 눈을 몇 번이나 떴다 감았다. 보일 듯 보일 듯하면서 제대로 보이지 않는 장건의 신형이 흐릿하게 뒤로 물러나고 있다.

'스스로 제왕검형의 권역에 갇혔다가 벗어나다니!'

남궁호와 비슷한 수준의 기세를 가진 자만이 제왕검형을 벗어날 수 있다. 당금 무림에서는 우내십존 정도나 되어야 제왕검형의 속박을 풀어낼 수 있는 것이다.

'저 아이가 설마 그만큼의 무위에 도달해 있단 말인가?'

남궁호는 눈으로 보고서도 믿을 수 없었다. 아니, 아무리 생각해도 장건이 우내십존에 근접해 있다는 건 불가능했다. 이제껏 보아온 바로도 장건은 그만큼의 능력을 가지지 못했다.

'허면 어떻게 이런 일이······.'

장건의 특이한 수법이 그것을 가능케 했다고밖에 볼 수 없었다.

"허어!"

남궁호는 그만 장건을 따라가 다시금 제왕검형 안에 가둘 생각도 못한 채 탄성을 흘리고 말았다.

그 뒤에 멀찌감치 서 있던 모용전 역시 자신의 눈을 믿을 수가 없었다.

눈을 몇 차례나 비비고 봐도 장건의 모습이 제대로 보이지 않는 것이다.

'뭐야, 저게!'

생전 처음 보는 광경에 모용전은 할 말을 잃었다.

'도대체 무슨 일이 벌어지고 있는 거지?'

남궁호가 장건과 기 싸움을 벌이고 있다는 건 알지만, 그 방식이 어떻게 이루어지는지도 몰랐다.
 이미 그가 경험했던, 혹은 알고 있는 상식적인 선을 넘어서 있었다.

 장건은 제왕검형의 권역을 완전히 벗어났다.
 "됐다!"
 장건은 풀어놓은 내공들을 다시 단전으로 끌어 모았다. 단전이 꿈틀대며 전신에 내공이 돈다.
 일단 위기는 모면했지만 아직 남궁호는 멈출 생각이 없어 보인다.
 장건은 재빨리 머리를 굴렸다.
 위기를 타격하는 수법에는 상당한 기운이 소모된다. 그래서 백리연의 추종자들과 싸울 때에도 그들의 힘을 역이용해 위기를 깨뜨렸다.
 단순히 본신의 힘만으로 저 무수한 파편들을 일일이 깨뜨린다면 장건의 내공은 남아나지 않을 것이다.
 "그렇다면……."
 장건의 눈이 반짝 빛났다.
 안법을 사용하자 수백 마리의 날파리처럼 맴도는 파편의 덩어리들이 보인다.
 엄청나게 빠른 속도지만 파편들은 일정한 궤도를 그리며 돈다.

그 궤도를 머릿속으로 그리며 장건은 곧 파편들 사이로 뛰어들었다.

그리고는 손에 기를 집중했다.

위기의 파편을 때려 부수는 것이 아니라 아예 잡을 작정인 것이다!

타원을 그리며 날아든 파편 하나를 향해 장건이 손을 내밀었다. 궤도의 흐름을 모두 머리에 담아둔 탓에 궤도를 앞질러 손을 내밀고 있기만 하면 되었다.

궤도를 읽힌 파편이 자동으로 장건의 손바닥에 부딪쳐 왔다. 작은 파편 하나에도 무시무시한 속도와 기운이 담겨 있기에 부딪치는 순간 꽝 소리가 나며 장건의 팔이 튕겨났다.

"윽!"

파편이 깨져나가며 충격이 왔다.

그러나 장건은 포기하지 않고 다시 오른손을 내밀었다. 두 번째로 파편이 손 안에 들어왔을 때, 장건은 유원반배를 사용했다.

정확히는 유원반배의 무리(武理)에 무당 태극경의 무리가 섞인 방법이었다.

파편이 손바닥에 닿는 순간 손목부터 팔뚝, 어깨의 근육들로 원을 그린다. 마치 허량의 몸이 출렁대듯 장건의 상체가 출렁거렸다.

하지만 파편이 너무 빨라 제대로 충격을 흡수하기 어려웠다. 파편은 다른 방향으로 튕겨나가고 장건은 거의 넘어질 듯 휘청거렸다.

"괜찮아. 이 정도면 할만 해."

장건은 이를 꾹 깨물고 재차 오른손을 내밀었다. 이번에는 좀 더 빠르게 충격을 흡수하기 위해, 근육을 이용했다.

파편이 손바닥에 닿자마자 손바닥의 근육을 비틀어 반원을 그린다. 그리고 손목, 팔뚝의 근육을 비틀어 계속 반원의 형태로 움직임을 유지했다.

반원을 그리는 근육의 움직임에 파편이 가진 속도와 그에 의한 충격은 고스란히 장건의 몸 안으로 이동된다.

그렇게 충격이 흡수되자 파편은 가속력을 잃고 장건의 손안에서 완전히 멈춘다.

장건은 허량을 상대했을 때처럼 충격을 반대쪽 팔로 이동시키지 않았다. 등의 근육에서 다리의 근육으로 힘을 이동시켰다가 다시 오른손으로 돌려보냈다.

그리고는 그 충격과 힘을 이용해 손가락을 튕겨냈다.

손에 쥔 파편이 본래 돌아왔던 속도 그대로 다시 쏘아졌다.

물론 거기에 장건의 내공이 살짝 담겼다.

예전에 독선 당사등이 사용했던 암기술이다.

쏘아진 위기의 파편은 다른 파편과 충돌했다.

쩽!

폭발하는 소리가 아니라 사기그릇이 깨지는 듯한 경쾌한 소리가 울렸다.

장건의 입가에 절로 미소가 떠올랐다.

"해냈어!"

당사등이 지금의 상황을 알았다면 기겁을 했을지도 몰랐다.

이것은 마치 상대가 던진 암기를 받아 고스란히 돌려주는 것과 비슷했다. 빛살만큼이나 빠르게 날아오는 암기를 잡아채는 것만도 가히 최고의 수법이라 할 만한데 그것을 순식간에 다시 쏘아내기까지 하다니!

더구나 그 암기는 눈에도 보이지 않고 손에도 잡히지 않는 기(氣)인 것이다.

장건은 이제 양손을 다 사용했다.

왼손과 오른손을 동시에 뻗었다. 남궁호에게서 튕겨 나온 위기의 파편들을 잡는 순간, 왼쪽 근육과 오른쪽 근육을 서로 반대 방향으로 뒤틀었다.

장건의 양 손바닥에서부터 팔, 어깨를 타고 올라온 힘이 등에서 가볍게 조우(遭遇)했다. 반대로 뒤틀려 있던 근육들이 자연스레 원래대로 돌아가며 회전을 한다. 그 회전을 타고 양쪽에서 올라온 힘이 서로 반대쪽으로 이동했다.

장건은 그 두 힘이 서로 반대 손바닥까지 움직였을 즈음 가볍게 손가락을 튕겨주기만 하면 되었다. 거기에 위기를 파괴할 수 있는 약간의 내공만 더해주면 된다. 별달리 힘이 들지도 않았다.

장건의 손바닥에서 쏘아진 남궁호의 위기 파편들이 궤도를 빠르게 움직이는 다른 파편들과 부딪치며 공멸(共滅)했다.
 쩌쩌쩡!
 순식간에 네 개의 파편 조각들이 사라졌다. 눈 한 번 깜빡하는 것보다도 빠른 시간이었다.
 장건은 뒤로 물러나지 않고 양손을 내민 채 앞으로 걸음을 옮겼다.
 저벅!

                    *   *   *

 "밀리냐?"
 "밀리는데?"
 우내십존 중의 세 사람. 검성과 환야, 그리고 청성일검까지 눈을 휘둥그레 떴다.
 "허어, 내 생전에 저런 말도 안 되는 일을 보게 될 줄이야!"
 "대체 저게 무슨 수법인 거냐?"
 장건이 사용하는 수법은 결코 평범하지 않다. 그들이 이미 본 것만 해도 벌써 몇 가지나 된다.
 최소한이라는 말로도 부족한, 미세한 보법과 신법.
 가히 강호 최고의 살수(殺手)가 사용할 만한 은신법.
 적어도 태극권 십성까지는 성취를 얻어야 가능한 무당의 태극경.

당가에서도 혀를 내두를 암기술.

하나같이 모두가 고절한 수법이다.

그런데 그 수법들이 모두 드러나느냐 하면 그것도 아니다. 거기에 뭔가가 섞여 있다.

보법은 이것저것 잡다하게 섞여 있고, 태극경에는 유원반배의 묘리가 보인다. 유원반배에 태극경의 묘리가 보인다고 해도 마찬가지다.

하다못해 얼마 전 소림의 정문에서는 문각의 백보신권을 유원반배와 금강권으로 발현했다.

일부 사람들은 장건이 문각의 백보신권을 익혔다고 하자 이제는 백보신권이 아니라 일보신권이 아니냐고 빗대어 말하기까지 했다.

그야말로 놀랄 일이다.

단순히 여러 무공을 배워 하나씩 사용하는 게 아니라 각 무공에 담긴 무리를 조합해서 자신만의 수법으로 사용하는 것이다.

내로라하는 고수가 아니면 알아보기도 힘들 정도로 각종 무공의 무리를 이것저것 섞어 사용하고 있다.

당가의 암기술도 그렇다. 세 사람도 장건이 뭘 던지는지는 모르겠지만 그것을 양손으로 해내고 있다는 사실에 경악할 지경이었다.

"저게…… 가능한 거냐?"

허량의 혼잣말 같은 물음에 풍진도 혼잣말처럼 답했다.

"내공 운용법이 다 다른 무공들을 티도 안 나게 마음껏 쓸 수 있다는 건 말도 안 되지."

"홍오로군."

"역시 홍오야."

하지만 다른 문파의 무공을 보는 즉시 배웠다는 홍오도 상승의 무공은 훔치지 못했다.

그 이유 중의 하나.

각 문파에는 문파마다 고유의 내공 운용법이 있기 때문이다.

초급 단계의 무공이라면 어떤 내공심법을 익히고 있어도 흉내는 낼 수 있다. 어떤 문파든 기초적인 무공은 비슷비슷하기 마련이다.

그러나 더 고급 단계로 갈수록 문파 고유의 특징이 완연하게 드러나게 된다. 결국 문파 고유의 상승 절기는 그 문파만의 내공 운용법으로 가능한 것이다.

그 내공 운용법을 모르면 당연히 상승 절기를 사용할 수 없다.

그런데 장건은 마치 그 문파의 제자라도 되는 듯 잘도 사용한다. 그것도 자신의 입맛에 맞추어 이리저리 변형시켜서 말이다.

그것은 마치 홍오가 추구했던 무공의 방향과 일맥상통하지 않는가!

장건은 스스로 깨닫지 못하고 있었지만 홍오가 보여주었던 무량세의 영향을 받고 있었다. 여러 가지 보법을 섞어 사용하는 것 역시 무량세의 동작을 혼자서 개선하다가 탄생한 것이다.

엄밀히 따지자면 무량세를 정 반대로 사용하고 있지만 말이다.

윤언강도 놀란 나머지 혼잣말을 했다.

"하나가 아닐세……."

"응?"

"심지어 각기 다른 무공을 두어 가지 이상 동시에 사용하고 있네. 그건 어떻게 설명할 텐가?"

풍진이 허량에게 물었다.

"무당의 양의심법이라면 두 가지 다른 내공심법을 사용할 수 있지 않나?"

"엄밀히 따지자면 두 군데 이상의 경락에 동시에 내공을 돌릴 수 있다는 거지. 하지만 양의심법을 사용하면서 저 녀석처럼 이 무공 저 무공을 눈 깜짝할 사이에 바꿔 쓰는 건 굉장히 어려워. 거의 불가능한 일이야."

장건이 타 문파의 상승 절기를 제 마음대로 사용하고 있다는 것도 놀라운데, 그보다도 놀라운 것은 순식간에 그만한 수법들을 사용할 수 있도록 만드는 내공 운용술이었다.

무인들이 같은 초식을 수천 번씩 연습하는 건 머리보다도 몸이 초식을 익히도록 하기 위함이다. 거기에 따른 내공의 운용 또한 마찬가지다.

내공 운용이 어느 정도 숙련된 무인도 소주천을 한 번 행하는 데 일다경은 족히 걸린다. 의식적으로 내공을 움직이려면 그만한 집중력과 시간이 필요하다.
 그러니 신체의 동작이든 내공의 행공이든, 생사가 오가는 급박한 순간에 무의식적으로 움직일 수 있게 하려면 아예 몸에 배도록 반복 수련을 할 수밖에 없다.
 그것을 넘어서는 경지에 이르러야 좀 더 원활히 내공을 움직일 수 있게 된다. 그 최고봉의 경지가 바로 심검(心劍)인 것이다.
 "하긴…… 두 경락에 돌고 있는 내공을 찰나에 단전으로 돌려보냈다가 다시 다른 경락으로 돌리는 게 쉽지는 않지. 그게 가능하면 누가 운공을 하다가 내상을 입겠어."
 경락에 도는 내공은 물줄기와 같다.
 초식이 시전되고 있는 도중에 무리하게 다른 초식으로 바꾸려 하면 이미 경락을 돌고 있던 내공이 갈 길을 잃어 날뛰게 된다. 그래서 경락을 다치고 내상을 입는다.
 그렇게 내상을 입지 않으려면 초식을 완전히 끝내 내공의 일주천을 마치던가, 다시 단전으로 내공을 갈무리한 후 새로이 주천을 시켜야 한다.
 장건처럼 내키는 대로 태극경과 유원반배를 사용하다가 당가의 암기술을 사용하고 발로는 여러 문파의 보법을 밟는 등, 이리저리 내공을 움직이는 건 실로 불가사의한 일이었다.

그야말로 엄청난 내공 운용 능력을 지닌 것이다. 그것도 섬세하기 이를 데 없이.

순간 윤언강이 무릎을 탁 하고 쳤다.

"심생종기(心生從氣)!"

마음이 가면 절로 기가 따른다는 내공 운용법의 기초. 하지만 동시에 내공을 수련하는 이들의 궁극적인 목표이기도 한 것이다.

풍진과 허량이 거의 동시에 고개를 끄덕였다.

홍오가 과거 장건을 보고 느꼈듯 세 사람 역시 그것으로밖에는 설명할 길이 없다는 걸 깨달았다.

"망할. 저건 애가 아니라 순전히 괴물이다."

다른 사람들도 우내십존을 보면 괴물이라고 할 텐데 그 우내십존이 장건을 괴물로 보는 것이다.

그 와중에도 쩡쩡 하는 파열음과 함께 장건은 남궁호에게 다가가고 있었다.

호기심이 잔뜩 치민 풍진이 몸을 일으켰다.

"좀 더 가까이 가서 봐야겠다."

허량과 윤언강도 기다렸다는 듯 걸음을 옮겼다. 우내십존이란 거대한 명성에는 어울리지 않지만, 둘의 대결에 방해되지 않도록 조심스러운 걸음이었다.

*　　*　　*

　남궁호는 섬뜩했다.
　오래된 흉가에서 헛것을 본 것처럼 몸이 으스스했다.
　"허어!"
　쩌쩡! 쩌쩌쩡!
　허공에서는 연신 파열음이 들려온다. 보이지는 않지만 기의 충돌이 있다는 걸 느낄 수 있다.
　다름 아닌 장건 때문이다.
　장건은 양팔을 약간 벌린 듯한 자세로 손바닥을 내민 채 자신을 향해 다가오고 있었다. 그리고 쉬지 않고 손바닥을 접었다가 다시 손가락을 튕기곤 했다.
　그때마다 수십 개의 도자기를 망치로 깨는 것처럼 파열음이 난다.
　그게 다가 아니다.
　파열음이 날 때마다 남궁호는 자신이 위축되고 있다는 걸 깨달았다.
　장건이 한 걸음 한 걸음 다가설 때마다 제왕검형의 권역이 축소되고 있다.
　'이 내가…… 밀리고 있어?'
　남궁호는 믿을 수가 없었다.
　'힘으로 제왕검형을 밀어내다니!'

남궁호가 내공을 한층 끌어 올렸다.

겨우 스무 살도 되지 않은 어린애를 상대로 검왕이 전심전력을 다했다는 소리는 듣고 싶지 않았다.

남궁호는 벼랑에 몰린 기분이었지만 조금 여유를 두면서 오성 이상의 내공을 사용했다. 그 정도면 일류 이상의 무인 수십 명을 상대할 수 있는 내공이다.

장포가 팽팽히 부풀고 단정히 빗어 묶은 머리카락이 하늘로 치솟으며 나풀거린다.

드드드득.

억지로 나무껍질을 뜯어내는 것처럼 수 장의 범위에 걸쳐 땅이 들썩인다.

제왕검형의 무게감이 한층 더해졌다.

모용전이나 소림승들에겐 보기만 해도 질려 숨을 멈출 정도다.

남궁호가 마음속에 세운 검은 무시무시한 기세로 날을 치켜들었다.

장건은 선명함이 더해질수록 시꺼먼 묵빛을 발하는 위기의 덩어리를 보면서 기겁했다.

'으아아! 이 할아버지가 진짜 끝까지 가자는 거네?'

남궁호와 겹친 검 모양의 위기가 가공할 정도의 파편을 뿌리고 있었다. 튕겨 나온 파편의 속도는 더 빨라지고 그에 실린 힘도 비례해 강해졌다.

'이러다가 날 새겠다!'

장건은 딴 생각을 할 틈도 없어졌다.

날아드는 파편을 잡아 쳐내는 것도 점점 버거워지고 있었다. 속도가 빨라졌으니 그만큼 장건도 더 빨리 대처를 해야만 했다.

내공을 쓰지 않고서는 근육의 속도로 파편의 충격을 따라잡기도 어려웠다. 내공을 써서 근육의 반응 속도를 증강시키고 암기술을 사용할 때에도 더 빠르게 내공을 돌려야 했다.

우우우웅!

내공이 미칠 듯이 경락을 돌면서 단전이 울음을 터뜨렸다.

상상을 초월하는 속도로 근육이 꼬였다가 풀리는 게 반복되면서 장건의 피부가 들썩거리는 것이 눈에 보일 지경이었다.

팔과 목의 시퍼런 핏줄들이 도드라지게 불거졌다.

무지막지한 속도로 내공이 경락을 돌면서 가속되자, 장건은 꼭 수레바퀴가 몸속에서 돌아가는 듯한 기분을 느꼈다.

장건의 몸이 찰나의 순간에 수십 번씩 흔들렸다. 무지막지한 속도로 도는 내공과 근육의 움직임 때문에 지독한 떨림이 생겨났다.

더 이상 장건은 앞으로 걸음을 옮길 수 없었다. 제자리에서 파편을 튕겨내는 것만으로도 벅찼다.

남궁호가 어지간한 무인이었다면 이미 위기가 상당히 상해 제풀에 지쳐 쓰러졌을 것이다.

그러나 그는 초인의 경지에 있는 무인이었다. 그가 가진 위기는 보통 사람에 비할 바가 아니었다.

장건이 수백 조각 이상의 파편을 깨뜨렸고 분명히 그만큼의 위기가 상했을 텐데도 남궁호는 여전히 건재했다. 안광은 여전히 생생하고 두 다리는 거목처럼 당당히 땅을 딛고 서 있다.

하지만 내공이 경락을 빠르게 도는 만큼 장건의 단전은 급속도로 내공이 소모되고 있었다.

틱.

팽이처럼 꼬였다 풀리기를 반복하는 근육의 압력을 이겨내지 못하고 팔뚝의 피부가 살짝 갈라졌다. 작은 실핏줄이 터져 바늘로 찌른 것처럼 가는 핏줄기가 찍 새어 나왔다.

내공이 많이 소모되어 그만큼 신체를 보호하지 못하는 것이다.

'으윽!'

고통도 그만큼 심해졌다.

머리가 점점 아득해져 간다. 시야가 흐려지고 동공이 급격히 커진다.

춘약을 먹어서 온몸이 비틀릴 때와는 또 다른 괴로움이다.

내공이 거의 고갈되면서 장건은 까무러치기 일보 직전에까지 몰렸다.

'내가…… 방법을 잘못 골랐나?'

위기의 파편들을 치우는 방법에 잘못된 것은 없었다.

다만 내공이 문제였다.

막대한 내공이 뒷받침 되었다면 분명 더 해볼 수 있는 여지가 있었다.

"바구미 잡아야 되는데……."

장건이 중얼거렸다.

* * *

'이놈 어떠냐. 이젠 못 버티겠지?'

남궁호는 그때서야 득의에 찬 미소를 머금었다.

비록 직접 검을 맞대고 싸운 것은 아니었지만 그에게 이만한 내공을 끌어올리게 한 것도 대단하다 칭찬할 일이었다.

장건이 그의 위기를 꽤 상하게 만든 탓에 남궁호도 어느 정도 지쳐 있었다. 제왕검형의 특성상 그의 내공도 꽤 소모돼 있는 상태였다.

'이렇게까지 해본 게 얼마만인가.'

실로 오랜만에 남궁호는 자신이 대결에 집중하고 있었다는 사실을 깨달았다. 마음 한편으로는 장건이 조금 더 버텨서 계속 즐겼으면 하는 생각도 들었다.

그런데 그때.

"바구미 잡아야 되는데……."

남궁호는 장건의 중얼거림을 들었다.

퍼뜩 정신이 들었다.

'음?'

불현듯 남궁호는 장건의 상태가 좋지 않다는 것을 깨달았다. 내공이 소진되어 쓰러지기 일보 직전이다.

제왕검형은 본래 내공으로 대항하는 수법이 아니다. 제왕검형 안에 하루를 갇혀 있어도 내공을 잃는다거나 하지는 않는다.

장건이 무리하게 대항하는 바람에 스스로 내공을 다 소진시키고 만 것이다.

'그럼 포기할 것이지!'

그런데도 장건은 끝끝내 포기하지 않고 계속해서 제왕검형에 대항하고 있다.

'망할 놈 같으니……'

단전에 조금이나마 내공이 남아 있는 것과 남아 있지 않은 것의 차이는 크다. 단전이 텅 빌 정도로 무리하게 되면 단전이 손상을 입는다. 며칠이면 회복될 것을 수십 일이 걸려야 회복될 수도 있다.

'아직도 안 그만둬?'

그냥 포기하고 대항하지 않으면 아무 일 없이 끝나는 것인데, 장건은 마지막까지 버틸 모양이었다.

남궁호는 갑자기 이마에 땀이 맺히는 것 같았다.

당사등이 떠올랐다.

애 하나 건져보겠다고 독 풀다 실수해서 대사고를 일으키고는 창피만 당하지 않았던가?

화산과 무당 등이 장건과의 비무를 기다리고 있는 마당에, 그것도 소림에서 순서를 결정하느라 고심을 거듭하는 상황에서 지금의 일이 알려진다면 남궁호도 당사등이나 별다를 바가 없는 놈으로 손가락질을 받을 터다.

추태도 이런 추태가 없었다.

'허어! 내가 잠시 정신이 나갔었나 보구나.'

적당히 하고 관뒀어야 했다. 원래는 잠깐만 시험해보고 그만둘 생각이었다.

이렇게까지 하려는 생각은 결코 없었다.

'저 녀석이 괜히 자극하는 바람에……'

애써 장건의 핑계를 대보지만 소용이 없음을 안다.

장건의 수법을 알아채지 못한 것은 오히려 남궁호 자신이다. 장건의 기이한 수법에 제왕검형이 제대로 힘을 쓰지 못해 오기가 생긴 것이다.

내공 수위가 비슷했다면…… 아니, 장건의 내공이 조금만 더 받쳐줬다면 쓰러지는 것은 자신이 되었을지도 모른다. 장건은 아무런 피해가 없지만 자신은 계속해서 충격을 받으며 지쳐가는 상태였으니 말이다.

사람들이 '아, 글쎄 검왕이 말야. 다른 문파들이 다 차례를 기다리고 있는데 괜히 끼어들어서 찬물을 뿌렸다지 뭔가? 그게 검왕이란 사람이 할 짓이야?' 하고 수군대는 소리가 귀에 들려오는 듯했다.

이건 누가 봐도 일하느라 바쁜 애를 붙들고 자기가 괴롭히는 상황이지 않은가!

남궁호는 더 이상 미련을 두고 있으면 안 된다는 걸 확실히 알고 있었다. 이미 어느 정도는 욕먹을 각오를 해야만 했다.

"으으음."

남궁호는 침음성을 내뱉으며 제왕검형을 거두었다. 그의 몸에서 뿜어져 나오던 위기의 덩어리들이 어미에게 돌아가듯 순식간에 그의 몸으로 돌아간다.

휘이익.

묵직한 공기가 대번에 사라지면서 경쾌한 바람이 불었다.

장건은 더 이상 파편이 날아오지 않는다는 걸 알고는 길게 한숨을 내쉬었다.

"하아아. 이제 끝났구나."

다른 사람들은 느낌으로나 대결이 끝났다는 걸 알지 눈으로는 확인할 수 없었다. 처음부터 남궁호는 거의 제자리에 선 채였고 장건 혼자 허공에 손짓을 했을 뿐이다.

벼락 치는 소리 같은 것이 나지 않았다면 둘이 눈싸움이라도 했나 보다 했을 것이다.

곧 남궁호가 씁쓸한 어조로 물었다.

"괜찮으냐?"

장건이 주섬주섬 몸을 틀었다.
"괜찮을 리 있겠어요? 아구구, 삭신이 막 쑤셔 죽겠잖아요."
남궁호도 미안해졌다.
"흠, 흠. 집중하다 보니 나도 모르게 좀 과했던 듯하구나."
장건은 욱신거리는 몸을 이리저리 움직이며 볼멘소리로 답했다.
"빨리 일 끝내고 이따 비무도 보러 가야 되는데. 내공을 다 써버려서 이제 바구미도 못 잡겠잖아요."
무엇보다 쌀을 먹어치우는 바구미를 잡을 수 없다는 게 너무나 원통했다.
내공을 다 쓴 것보다도 그게 더 분해서 닭똥 같은 눈물을 뚝뚝 떨어뜨렸다.
남궁호는 장건이 우는 모습에 당황했다.
볼을 잔뜩 부풀리고 입이 댓 자나 나온 장건이 원망의 눈길로 남궁호를 흘겼다. 그리고는 한숨을 쉬며 흩어진 쌀들을 주워 담는다.
머쓱해진 남궁호가 물었다.
"험…… 비무를 보러 간다고? 무슨 비무 말이냐?"
그때.
"검왕은 약속을 지켜라! 지가 진 거나 마찬가진데 괜히 말 돌리지 마라!"

"우우우! 검왕이 애를 울린다."

야유 소리와 함께 남궁호의 폐부를 비수로 푹 찌르는 말들이 들려왔다.

남궁호가 고개를 돌려보니 멀지도 않은 작은 우물 뒤에서 고개만 빼꼼 내민 풍진과 허량의 머리통이 눈에 들어왔다.

윤언강은 체면 때문에 둘처럼 숨기는 뭣했는지 가만히 뒷짐을 지고 서 있다가 헛기침을 했다.

"난 아무 말도 안 했네만…… 자네가 심하긴 했어. 건이가 크게 다치기라도 했다면 자네는 비난을 받아도 할 말이 없었을 거네."

꼭 문사명이 장건과 먼저 비무를 해야 한다는 법은 없지만 장건이 내공을 소모한 까닭에 비무가 며칠은 늦어질 것 같았다. 당연히 남궁호가 곱게 보일 리 없다.

풍진과 허량이 다시 야유를 보냈다.

"우우, 검왕이 약속도 안 지키냐. 건이가 저렇게 되었으니 일을 누가 하겠어? 약속대로 책임을 져야지."

"우우우. 검왕은 덤으로 추궁과혈에 운기행공까지 도와라!"

남궁호의 얼굴이 저절로 일그러졌다.

장건이 뾰족한 소리로 말했다.

"맞아요! 책임지세요. 책임지도록 만들라고 하셨는데 제가 일을 하기 힘들게 되었으니, 책임지셔야 마땅하죠. 이러는 사이에도 쌀 수천 톨이 바구미들의 뱃속으로 들어가고 있다구요!"

모용전. 그는 장건의 말을 듣고 경악을 금치 못했다. 자기가 다 오금이 저려오는 듯했다.

그놈의 바구미 타령!

바구미 때문에 검왕에게 책임을 지라고 말을 한단 말인가!

'정말 미쳤다. 미쳤어!'

남궁호도 그와 비슷한 생각이었으나 차마 자신이 내뱉은 말을 이제 와서 주워 담을 수도 없었다.

우내십존이라는 거대한 명성을 가진 그의 약속은 천금보다 무거운 것이어야 했다. 특히나 사이가 그리 좋다고는 할 수 없는 다른 우내십존 셋이 지켜보는 마당에 소인배가 될 수도 없었다.

"아, 알았으니 그만 하거라."

보는 눈이 너무 많았다.

스스로도 지나쳤다는 걸 인정했으니 약속을 지켜야만 했다. 결국 남궁호는 눈물을 머금고 바구미 잡는 일에 동참할 수밖에 없었다.

전 강호인들의 절대적 우상인 검왕이, 남궁가 최고의 어른인 그가 겨우 바구미나 잡는 일에 차출되고 만 것이다.

허량과 풍진이 벌레 씹은 표정을 하고 있는 남궁호를 보며 빈정댔다.

"낄낄. 내 그럴 줄 알았다. 건이에게 함부로 덤비면 좋은 꼴

못 본다니까."

"천하의 검왕이 대단하신 바구미들을 상대하는 진풍경을 오늘 내가 소림에서 보게 될 줄이야."

"심심해서 찾아왔더니 좋은 구경을 하는구먼."

윤언강까지 동조했다.

그러나 혼자서만 곱게 당할 남궁호가 아니었다.

어떻게든 수습하고 물러나려던 자신을 절망의 구렁텅이로 밀어 넣은 놈들이 있다. 그들을 가만히 둘 수는 없었다.

남궁호는 눈을 부리부리하게 뜨고는 윤언강까지 포함한 셋을 노려보았다.

"자네들 요즘 소림에서 놀고먹고 한다던데, 그렇게 시간이 남아돌면 뭐라도 해야 하지 않겠나?"

윤언강과 풍진, 허량이 움찔했다.

'아니, 저놈이 갑자기 왜……'

'우리까지 물고 늘어지려고?'

그제서야 분위기를 파악한 셋이 갑자기 안색을 바꾸었다.

"아참, 내가 이러고 있을 때가 아닌데……"

"그렇군. 생각해 보니 깜박 잊은 게 있네."

"허어. 아까 사명이가 날 찾는다 했었지?"

남궁호가 다시 한마디를 던졌다.

"밥값도 안하고 남의 밥이나 축내면서 놀고먹는 못된 짓은 어디 족보도 없는 문파에서나 가르치는 버릇이라지? 참 좋은 문파야."

강호를 살아가는 무인들에게 가장 중요한 것은 사문이다.

그런데 이대로 떠나버리면 '밥값도 안하고 남의 밥이나 축내면서 놀고먹는 못된 짓을 가르치는 족보도 없는 문파' 소리를 듣게 생겼다.

떫디떫은 감을 한 입 크게 베어 문 것처럼 윤언강과 풍진, 허량의 얼굴이 찡그려졌다.

그렇다고 가만히 있자니 궁상맞게 쪼그리고 앉아서 바구미를 잡아야 하니 진퇴양난이다. 심각한 체면의 손상이 우려되는 것이다.

남궁호가 전전긍긍하는 세 사람의 가슴에 불을 지른다.

"건이는 이걸 세 시진이면 끝낼 수 있다 하던데……."

말끝을 흐리는 투가 '너희는 그렇게 못하겠지?' 라고 비아냥대는 듯했다.

장건의 수법도 알아채지 못했으면서 '쌀벌레 잡는 일이라고 무시하냐?'고 도발하는 듯한 눈초리로 세 사람을 훑어보기까지 한다.

물론 남궁호도 장건의 수법은 모른다.

일단은 다 진흙탕으로 끌어들이고 싶을 뿐이다.

"……."

"……."

세 사람은 입을 다물어 버렸다. 괜히 말을 잘못 꺼냈다가 꼬투리를 잡힐까 봐 아무도 먼저 말을 꺼내지 않고 있었다.
 그때 남궁호의 말을 들은 장건이 눈을 반짝 빛내더니 손뼉을 쳤다.
 짝!
 "아! 잘됐네요. 여럿이 하면 더 금방 끝낼 수 있잖아요. 어차피 다 할아버지들께서 드실 밥인걸요."
 남궁호의 말 속에 숨은 의미가 아니라 겉으로 드러난 의미만 그대로 받아들인 천진한 장건의 말이다. 남들이 어떻게 생각하든, 장건의 머리에는 아귀 같은 쌀벌레 생각밖에 없었다.
 덜컥!
 미묘하게 흐르던 정적의 수평선이 무너지는 순간이었다.
 이렇게까지 말하는데 그냥 도망갈 수도 없게 된 것이다.
 세 노인의 얼굴이 붉으락푸르락 하고 있는데 장건이 남궁호처럼 한 마디를 덧붙였다.
 "굉목 노사님께서 저 처음 만났을 때 그러셨어요. 사지가 멀쩡한데 먹고 자고 게으름을 피우는 건 사람이 아니라 식충이라고요."
 장건은 내공이 바닥났다는 것도 전혀 내색하지 않으며 순진무구한 눈망울로 세 노인을 보았다. 우내십존이든 뭐든 장건에게는 무공 센 노인들일 뿐이다.
 세 노인은 흠칫했고, 모용전과 소림승들은 뜨악했다.
 '쟤가 죽으려고 환장을 했구나!'

장건이란 이름의 늪 107

'아무리 그래도 우내십존에게 그런 말을!'

당장에 칼부림이 나도 전혀 이상할 것이 없는 말이었다.

하지만 지금 같은 상황에서 우내십존이라고 무슨 말을 하겠는가.

불같이 화를 내기도 민망하고…… 그랬다가는 식충이에 족보도 없는 사문을 두게 생겼는데.

"음냐…… 내가 그딴 소릴 듣느니 하고 말지. 그까짓 것 하면 되지!"

풍진은 오히려 오기로 하겠다고 나섰다. 아무리 청성을 버리겠다 큰소리를 땅땅 쳤어도 자신을 키워준 사문을 욕보일 수는 없었다. 게다가 식충이라는 무자비한 단어를 달고 다니기도 싫었다.

"끄으응. 이놈이 한다니 나도 어쩔 수가 없구만."

허량은 장건에게 벌써 두 번째로 당하는 것이라 속이 부글부글 끓었다. 그러나 이번엔 자신만 그런 게 아니라 다 당한 것이니 그나마 위안이 된다.

둘이 포기했다는 게 뻔히 눈에 보이자 윤언강도 혼자만 내뺄 수 없는 입장이 되었다.

윤언강이 허허로운 얼굴로 하늘을 바라보았다.

"남을 구렁텅이로 미는 자, 자신도 밀릴 것이라 했던가……."

남궁호가 얄밉게도 이죽거렸다.

"그러게 애초에 밀지 말았어야지."

상황이 뒤죽박죽 얽히며 희한하게 돌아가는데, 분위기가 심상치 않다.

모용전은 피부가 따끔따끔 한 것이 왠지 느낌이 좋지 않았다. 당장에라도 어딘가에서 날아온 눈 먼 칼에 목이 달아날 듯했다.

조마조마할 수밖에 없다.

겉으로는 드러내지 않고 있지만 기분이 상할 대로 상한 우내십존 넷이다. 일부러 그런 것이 아님에도 은연중에 미적지근한 살기 같은 것이 흘러나오고 있는 것이다.

'이러다간 내가 먼저 죽겠다.'

좀 더 있으면 오줌이라도 지릴 것 같아 모용전은 안되겠다 싶었다.

모용전이 슬그머니 자리를 피하려 간신히 반걸음을 떼었을 때, 갑자기 온몸에 소름이 곤두섰다.

허량이 아무렇지 않은 듯한—하지만 모용전이 보기엔 잔뜩 화가 난— 얼굴로 빤히 바라보고 있었다.

"어디 가냐?"

"예? 에…… 그러니까……."

모용전이 더듬거리다가 풍진과 눈이 마주쳤다. 풍진은 모용전을 똑바로 쳐다보며—심지어 이까지 갈며— 얘기했다.

"요즘 애새끼들 싸가지가 없어서…… 하나 내 손에 걸리면 아주 개 패듯이 패서 죽여 버리든지 해야지, 가만 냅두면 기어 올라 가지고…… 아, 근데 넌 그런 놈 아니지?"
"하, 하하…… 아니죠. 당연히 아닙니다."
확인하듯 풍진이 재차 묻는다.
"정말 싸가지 없는 놈 아니지?"
"하하…… 저 싸가지 있습니다. 예, 있고 말고요."
본래 비굴한 성격이 아닌 모용전이지만 화가 난 우내십존의 앞에서 차마 고개를 뻣뻣이 세울 수는 없는 노릇이다.
남궁호가 따뜻한 목소리로—모용전이 듣기엔 살기가 저릿하게 서린 목소리로— 물었다.
"뭐 바쁜 일이라도 있느냐?"
모용전은 재빨리 고개를 저으며 큰 소리로 대답했다.
"전혀 없습니다. 마침 아주 한가합니다."
윤언강은 별다른 말을 하지 않았다. 하지만 다른 느낌의 눈빛으로 모용전을 보고 있었다.
모용전은 스스로 생각하기에도 놀랄 정도로 윤언강의 눈빛을 이해했다.
지금 일어났던 일을 어디 가서 말하면 죽·는·다!
연인 사이에 벼락처럼 감정이 통하듯, 생생한 감정 전달이었다.
꿀꺽.
모용전은 마른침을 삼켰다.

장건이 집중하라는 듯 손뼉을 딱딱 쳤다.
"자자, 그럼 빨리 일하죠. 늦으면 늦을수록 바구미들이 아까운 쌀을 더 먹어치울 거예요."
바구미!
모용전은 이제 바구미란 말만 들어도 치가 떨렸다.
처음엔 장건이 전생에 바구미와 악연이 있나 싶었지만 지금은 반대였다. 아마 장건이 아니라 자신이 전생에 바구미와 지독한 악연을 쌓은 모양이다.
그리고 현생(現生)에서도 바구미와의 악연은 결코 끊지 못할 것 같았다. 보이기만 하면 족족 잡아 죽여도 시원찮을 듯했다.
모용전은 눈으로 시퍼런 불길을 쏟아내며 쌀 위에서 발발거리는 쌀벌레들을 노려보았다.
"지금 뭐하시는 거예요! 바구미를 죽일 생각이에요? 아무리 미물이라도 함부로 살생하시면 안 되죠. 절대로 죽이지 말고 잡으세요."
우박처럼 쏟아지는 장건의 말에 모용전은 분노의 눈물을 삼켰다.
바구미 때문에 이 무슨 꼴인지, 정말 자신이 한심했다.
풍진조차 장건과 어울리면 좋은 꼴을 못 본다 말했던 것이 그렇게 후회스러울 수가 없었다.
그렇게 우내십존과 한 청년은 바구미와의 사투……에 몸을 내맡기게 되었다.

막상 그들이 쪼그리고 앉아 바구미를 잡기 시작했지만 소림 승들은 눈치를 보느라 제 할 일도 못할 지경이었다.
 아무렇지 않은 이는 단 한 사람, 장건뿐이다.
 '역시 사람은 당하고 살면 안 돼. 하고 싶은 말도 하고 챙길 것도 챙겨야지. 흥. 그러니까 왜 멀쩡한 사람을 괴롭히냐고요.'
 장건은 보란 듯 한쪽 구석으로 가 운기조식에 들어갔다. 그리 미덥지는 못하지만 빈 단전을 채우는 동안 열심히 일을 할 다섯 일꾼들이 있으니 마음은 편안했다.

　　　　　　　＊　　＊　　＊

 나한승들과 함께 공양간으로 달려가던 원호는 공양간 앞에서 굉료의 말을 듣고는 고민에 빠졌다.
 '도대체 어떻게 하면…… 우내십존 넷이 쌀벌레를 잡도록 만들 수 있지?'
 우내십존이란 거인(巨人)들이 쪼그리고 앉아 벌레를 잡는 모습은 상상도 되지 않았다.
 섣불리 결정을 못 내리고 눈만 깜박거리는 원호에게 굉료가 말했다.
 "어지간하면 근처에 안 가는 게 좋을 걸세. 분위기가 장난 아니게 흉흉해. 아차 하다가 된서리를 맞을지 몰라."

"분위기가 흉흉하다니요?"

"나도 몰라. 열심히 일을 하긴 하는 것 같은데 뭔가…… 하여튼 나도 근처까지 갔다가 소름이 쭉 돋아서 그냥 돌아왔다네. 하나도 아니고 우내십존 넷이 눈을 부라리니까 이거 민망하게도 이 나이 먹어서 오줌을 찔끔 쌀 뻔했지 뭔가."

"아니, 고작 쌀벌레를 골라내는 일에 기운이 흉흉할 것까지 있단 말입니까?"

"나야 모르지. 나중에 건이에게 물어 보자고."

굉료는 생각만 해도 끔찍하다는 듯 몸서리를 쳤다.

다른 사람도 아니고 무공이 꽤 높은 수준에 올라 있는 굉료가 몸서리를 칠 정도면 어느 정도인지 감을 잡기도 힘들었다.

원호는 발을 동동 굴렀다. 인명 피해가 있다거나 사고가 난 건 아닌 듯하니 다행이지만, 꼭 다행이라고 하기에도 애매했다.

'왜 건이만 끼면 꼭…….'

그러면서도 그 재미난 구경을 해야 하나 말아야 하나 고민스러운 원호였다.

엄청난 명망과 그만큼의 성깔을 가진 노인 넷이 쪼그리고 앉아 깨작깨작 쌀벌레를 고르고 있다니!

그 얼마나 우습고 재미있는 일이겠는가!

제4장

솜씨 자랑

화산의 검성 윤언강.
청성의 검 풍진.
무당의 환야 허량.
남궁가의 검왕 남궁호.
동시대에 존재하는 거인(巨人)들.

젊었을 적에는 함께 강호행을 하며 어울리기도 했던 동료들이며 또한 우내십존이란 고귀한 칭호의 울타리에 있는 이들이다.

젊은 시절에는 분명 친우라고 해도 좋을 정도로 가까운 사이였다. 젊은이들 특유의 친화력과 공감대로 매일같이 붙어

다니곤 했다.

그러나 수십 년의 세월이 흐르면서 우내십존이란 거인들조차 마냥 젊은 시절의 낭만과 순수한 우정에 젖어 있을 수는 없었다.

문파를 이끄는 대표 무인으로서의 입장이라든가, 사소한 감정다툼 등이 그들 사이에 벽을 쌓게 만들었다. 나이가 들고 점점 더 고지식한 노인이 되어 가며 골이 더욱 깊어졌다.

지금도 마찬가지였다.

남궁호는 까마득히 어린 소년에게 적이 낭패를 당했다. 사실 따지고 보면 별것도 아니지만 다른 우내십존들의 앞이니만큼 자존심이 크게 상했다.

윤언강도 기분이 나빴다. 구대문파의 고수들이 줄지어 소림의 승낙을 기다리는 마당에, 갑자기 끼어든 남궁호의 천둥벌거숭이 같은 행동이 마음에 들지 않았다.

풍진이나 허량은 워낙 기인에 가까운 이들이라 윤언강과 같은 이유로 화가 나진 않았다. 다만 쌀벌레를 골라내는 지극히 잡스러운 일을 해야 한다는 것이…… 그것도 남궁호가 억지로 끌어들였다는 것이 못내 억울했다.

그러다 보니 네 사람은 남궁호를 중심으로 미묘한 감정의 대치를 이루고 있었다.

문제는 그것이 그들에게나 미묘한 대치이지, 곁에서 지켜보는 이들에게는 살이 떨리도록 무시무시한 분위기였다는 것이다. 넷이 모두 워낙 극에 달한 고수들이라 그들의 몸에서 절로 풍겨 나오는 미세한 기운조차 다른 이들에게는 크게 느껴졌다.

얼떨결에 동참하게 된 모용전이나 소림승들은 꿀 먹은 벙어리가 되어 완전히 굳어 있었다.

지금도 마찬가지다.

고작 쌀벌레 고르는 일에 네 사람은 쓸데없는 승부욕을 드러내고 있다.

시킬 때는 구시렁대더니 정작 일을 시작하자 남들보다 잘해야 한다는 생각에 완전히 집중한 것이다.

'이왕 하게 된 거 별수 없지. 하지만 저 녀석들에게 꿀릴 순 없다.'

'건이 녀석의 실력이 보통이 아니던데…… 그 수법 이상의 실력을 보여주지 않으면…….'

'나잇살을 이렇게 처먹고 새파란 꼬마보다 일을 못하면 내 꼴이 뭐가 되겠어?'

'이것도 어차피 무공을 사용해야 하는 것. 화산이 제일 못하다는 소리를 들을 수는 없는 일 아닌가!'

우내십존 네 사람의 눈빛이 허공에서 마주친다.

누가 뭐랄 것도 없이 그들은 서로의 생각을 읽어냈다.

승부다!

* * *

  우내십존은 개인적으로 무인이지만 동시에 문파의 상징, 혹은 문파 그 자체이기도 하다.
  사실상 그들이 직접적으로 겨룰 기회는 거의 없었다.
  이것은 간접적으로 벌이는 승부나 마찬가지였다. 단순히 쌀벌레를 잡는 데 그치는 것이 아니라 무공으로 서로의 실력을 가늠하고 겨루는 자리가 되어 버린 것이다.
  개개인의 대결이면서 각 문파의 명성을 건 대결임과 동시에 구대문파와 세가연합의 대결이기도 했다.
  팽팽한 실이 허공에 마구 얽혀 있는 듯한 긴장감이 감돌기 시작한다.
  모용전과 소림승들은 꼼짝도 못하고 숨 쉬는 소리조차 눈치를 봐가며 조용히 내쉬어야 했다. 팔다리가 뻣뻣하고 이마에서 진땀이 흘렀다.
  그 와중에 구석에서 운기행공에 들어간 장건의 편안한 모습이 그렇게 이질적일 수가 없다.
  '아이 참. 불편해 죽겠네. 뭐가 자꾸 이렇게 날아와.'
  장건이 갑자기 귀찮은 듯한 표정으로 자리를 옆으로 이동했다.
  장건은 네 사람이 내뿜는 기의 그물이 닿지 않는 곳을 찾아 그곳에서 운기행공을 하고 있었던 것이다.

자리를 옮긴 장건이 공력을 끌어 올리며 준비하고 있는 네 우내십존을 향해 소리쳤다.

"벌레를 죽이면 안 돼요! 아시겠죠?"

우내십존 넷의 표정은 땡감을 씹은 듯 떫기 그지없다.

하지만 우내십존에게조차 태연히 할 말을 하는 장건을 보며 모용전과 소림승들은 부러워할 수밖에 없었다.

그러면서도 한편으로는 기대가 되었다.

과연 저 자긍심 높은 노고수들이 쭈그리고 앉아 쌀벌레를 고를 것인가!

그들의 물음에 대답이라도 하듯 허량이 풍진에게 말을 던졌다.

"일 안하냐?"

"남이사."

"팔이 하나라고 봐주는 거 없다. 오히려 남보다 더 열심히 해야지."

풍진이 싸늘하게 코웃음을 쳤다.

"나야 한 팔로도 충분하지. 그리고 보니 조수는 한 명 필요하겠구만."

풍진은 폭이 두어 자 너비인 광목천 한 장의 앞에 가 섰다. 그리곤 손가락으로 모용전을 가리켰다.

"네?"

풍진이 손가락을 까닥거렸다.

"여기 쌀 좀 가져다 부어라."
"네? 제가요?"
모용전이 되묻자 풍진이 눈을 부라렸다.
"준비하겠습니다!"
모용전은 눈치 빠르게 쌀 한 가마니를 들어 풍진의 앞에 펼쳐진 광목천 위에 가져갔다.
"옆으로 안 흘리게 조심해서 부어라."
"예."
모용전은 극도로 긴장한 상태에서 쌀알 하나라도 광목천 밖으로 나가지 않도록 부었다.
우수수수.
작은 동산처럼 쌀알이 수북이 쌓인다.
"그 옆에 벌레 담는 포대도 가져다 놔라."
"네."
모용전은 풍진의 예리한 눈빛을 피하며 시키는 대로 고분고분히 따랐다.
"흠."
풍진은 어느새 두어 뼘 정도 되는 앙상한 나뭇가지를 왼손에 들고 있다. 그 순간의 풍진은 비쩍 마른 볼품없는 노인이 아니라 좌수검을 든 노고수였다.
풍진이 나뭇가지를 들고 어떻게 쌀벌레를 잡으려는지 나머지 사람들이 궁금한 눈으로 지켜본다.

허량이 물었다.

"뭐하는 짓이냐? 앉아서 벌레를 고르라니까?"

"클클. 이 나이 먹고 궁상맞게 남들처럼 쪼그리고 앉아 하리? 체면이 있지."

"그럼 서서 하게?"

"아, 무공 배운 건 뒀다 뭐하게? 너나 쪼그리고 하든지."

풍진은 허량의 생각을 비웃기라도 하듯 갑자기 발을 굴렀다.

쿵.

풍진의 진각에 수많은 쌀알들이 허공으로 떠오른다. 흙먼지는 그대로고 정확히 쌀알만이 떠올랐다.

진각에도 급수가 있다면 풍진의 진각은 최상급의 진수다.

허량의 눈이 이채를 발했다.

'어쭈? 저놈 봐라?'

쪼그리고 앉아서 벌레를 골라내면 한껏 비웃어 주려 했더니 나름대로 머리를 잔뜩 쓴 것 같다.

장건이 사용했던 방법도 모를뿐더러 어설프게 같은 수법을 했다간 웃음거리가 된다는 걸 풍진도 알고 있는 것이다.

촤아아아—

쌀알들은 풍진의 키 높이만큼이나 떠오르더니 잠시 공중에 머물렀다가 떨어져 내린다.

그 순간.

풍진의 왼손이 벼락처럼 움직였다.

풍진의 손에 들린 나뭇가지가 눈에 보이지도 않는 속도로 떨어지는 쌀알들의 사이를 헤집는다.

틱틱 티티틱.

극히 미세한 타격음과 함께 낙하하는 쌀알들의 사이에서 까만 점들이 튕겨져 나간다. 검은 깨처럼 보이는 점들은 쌀 속에 숨어 있던 쌀벌레, 바로 바구미들이다.

놀랍게도 튕겨나간 바구미들은 벌레를 모으는 빈 포대 속으로 한 치의 오차도 없이 날아가고 있다.

풍진이 한 호흡 동안 수십 차례나 나뭇가지를 뻗더니 이내 손을 회수한다.

우수수.

쌀알들이 땅에 떨어지는 순간 풍진이 다시 발을 굴렀다.

그리고는 같은 방법으로 다시 바구미를 골라낸다.

섬광처럼 뻗어진 나뭇가지의 끝이 쌀알은 조금도 건드리지 않고 바구미만을 튕겨냈다.

티티티틱.

쿵.

한 번 발을 구르고 손을 뻗을 때마다 수십 마리의 바구미들이 빈 포대 안으로 날아간다.

모용전과 소림승들의 입이 쩍 벌어졌다.

'여, 역시!'

'이럴 수가!'

'저런 방법으로 벌레를 골라낼 줄이야!'

휙 하니 떠오른 수십만 개의 낱알들 중에서 깨알만 한 바구미를 본다는 것도 놀라운 일이건만, 낱알은 건드리지도 않고 바구미만 쳐내는 것이다.

그런데 그보다도 더 경악스러운 건 바구미들이 다 살아 있다는 점이었다. 빈 포대로 날아간 바구미들이 멀쩡하게 살아서 포대를 기어오르고 있는 것이다!

상식적으로, 떨어지는 쌀알들 사이를 엄청난 속도로 찌르고 휘둘러 바구미를 쳐낸다면 바구미가 그걸 맞고 살아날 수가 없지 않겠는가.

'아니, 저렇게 치면 사람이 맞아도 멍들고 골절상을 입을 텐데, 어떻게 조그만 벌레들이 멀쩡하지?'

신기에 달한 힘과 내공의 조절이다. 빠르게 움직이다가도 바구미를 타격하는 순간에는 완전히 힘을 빼고 속도를 줄여 툭 밀어내는 것이다.

지켜보던 우내십존 세 사람의 입에서도 작은 탄성이 흘러나온다.

"제법인데?"

"풍진 저 친구의 청운검(靑雲劍)이 경지에 달했구먼."

"한 호흡에 72검이라……. 36검까지 익히고 일검으로 돌아왔다더니 다 헛소문이었네그려."

만일 바구미를 죽여도 상관없다 했으면 그 이상의 횟수로 나뭇가지를 뻗었을지도 몰랐다.
그 와중에도 풍진은 연신 발을 구르고 손을 뻗어 벌레를 골라낸다.
열 번쯤 발을 굴렀을까?
십여 차례 발을 구르던 풍진이 나뭇가지를 늘어뜨리고는 더 이상 뻗지 않는다.
쿵. 쿵.
두어 번 더 발을 구르면서 떠오른 쌀알들을 가만히 지켜보더니 고개를 끄덕거렸다.
"이제 없군."
풍진이 나뭇가지로 떨어지는 쌀알들의 양 옆쪽을 툭툭 쳤다. 쌀알들은 사방으로 흩어지지 않고 말 잘 듣는 개처럼 조용히 바닥으로 떨어졌다.
쌀알은 단 한 톨도 광목천 밖으로 나가지 않았다.
풍진은 입을 쩍 벌리고 있는 모용전을 보았다. 나뭇가지로 골라놓은 쌀을 가리키며 까딱거렸다.
"뭐하냐?"
"네, 네?"
"담어."
모용전은 가만히 구경만 하고 있는 소림승들을 힐끗 돌아보았지만 그들도 입만 벌리고 움직일 생각을 하지 않는다. 하기 싫어서라기보다는 너무 놀라서일 터다.
　모용전은 별수 없이 풍진이 골라놓은 쌀을 담으려 했다.
　그때 장건의 잔소리가 들려왔다.
　"그냥 담으시면 안 되죠! 빈 가마니라도 벌레가 남아 있을지 모르잖아요. 탁탁 털어서 깨끗해지면 담으세요."
　운기행공을 하면서도 어떻게 보고 있는지 장건은 귀신처럼 잔소리를 했다.
　모용전은 '그럼 네가 해!' 하고 소리치고 싶지만 눈을 부라리고 있는 풍진 때문에 그럴 수도 없었다.
　모용전은 장건이 시킨 대로 가마니를 몇 번이나 탁탁 털고 가마니에 쌀을 담기 시작했다.
　풍진이 '엣헴!' 하고 짐짓 헛기침을 하며 세 노인을 쳐다보았다.
　"너희들은 일 안하고 뭐하냐?"
　허량이 코웃음을 쳤다.
　"그깟 쥐꼬리만 한 실력 좀 보였다고 으스대긴."
　"뭐?"
　허량은 낄낄대면서 손가락질을 했다.
　"네 마리 죽었다."
　풍진이 흠칫했다.
　"봤냐?"
　"봤지. 누구 눈을 속이려고? 차라리 장님을 속여라."

"망할."
모용전과 소림승들은 기가 막혔다.
'벌레들이 날아가는 게 제대로 보이지도 않았는데!'
'그 와중에 죽었는지 살았는지까지 보다니!'
풍진의 얼굴이 일그러졌다.
"이런 젠장! 하라는 일은 안하고 남 일하는 거나 감독하냐?"
"죽이지 말라는데 왜 죽여? 죽여 놓고 시치미 뚝 떼면 모를 것 같냐?"
우내십존을 제외하고는 너무 빨라 못 봤다.
죽었다는 말에 정신이 든 소림승들이 반장을 하며 '아미타불'을 연호(連呼)했다.
허량도 도호를 외었다.
"무량수불! 한낱 미물이라 하나 가련한 생물들이 생을 마감하였으니, 원시천존께서 굽어 살피소서!"
풍진의 얼굴은 더 심하게 일그러졌다.
"바쁘신 천존님은 왜 불러? 천존께서 너처럼 한가한 줄 아냐?"
"낄낄. 그러니까 똑바로 해야지. 왜 바쁘신 천존님을 귀찮게 하냐."
허량도 곧 펼쳐둔 광목천 앞으로 가 섰다.
"얘야. 여기도 쌀 좀 부어라."
느려 터졌다고 혼이 날까 봐 땀이 날 정도로 한창 쌀을 담고 있던 모용전이 울상을 지으며 허량을 보았다.

"또…… 제가요?"

"아무나 하면 되지, 네 일 내 일이 따로 있냐? 이 쌀은 누구 입에 들어가고, 저 쌀은 누구 입에 들어가라는 법이 정해져 있든?"

"그, 그렇지 않지요."

"알았으면 부어라."

모용전은 티 나지 않게 입을 삐죽이며 쌀가마니를 가져다 부었다.

풍진이 '킁!' 소리가 나도록 콧방귀를 뀌며 입을 내밀었다.

"나 따라하냐?"

"내가 왜 좋은 무당의 검을 놔두고 살기등등한 청성의 검을 배우겠냐. 하여간 생각하는 거 하고는."

허량은 고개를 양옆으로 눕히고 손을 가볍게 풀더니 곧 공력을 끌어 올렸다.

스슷.

허량이 오른손을 내밀어 노를 젓듯 허공을 휘젓자 부드러운 바람 한 줄기가 인다.

이윽고 허량은 오른손을 땅으로, 왼손을 하늘로 치켜들었다.

스으윽.

다시 바람 한 줄기가 불어왔다.

허량이 천천히 팔을 움직였다. 딱딱함이나 경직이라고는 전혀 찾아볼 수 없는 부드러운 물 흐름 같은 움직임이다.

자연스러운 움직임에 절로 주변의 기운이 허량에게로 모여들고 있었다.

허량의 왼팔과 오른팔이 각기 다른 원을 그리면서 위아래로 교차했다. 동작이 점점 빨라지며 두 팔은 서서히 거대한 원을 그리기 시작한다.

스스스슥!

바닥에 깔린 쌀들이 소리도 없이 공중으로 떠오른다. 폭포가 거꾸로 역류하듯 쌀들이 떠올라 허량의 전면에서 퍼져 있다.

허량은 쉬지 않고 계속해서 팔을 휘저었다. 어깨와 몸도 함께 움직인다.

어느샌가 떠오른 쌀들이 허량이 그려내는 움직임에 동화되어 물처럼 흐른다. 허량은 두 팔로 큰 원을 그렸다가 다시 작은 원을 그렸다가 하며 허공에 흐르는 쌀들을 인도한다.

쌀들이 굽이치는 계곡물처럼 급격한 곡선을 그리며 이리저리 섞여갔다.

이제 허량의 움직임은 더 빨라졌다.

뒤죽박죽 뒤섞인 모양을 하고 있던 쌀알들이 점차 하나로 뭉쳐지기 시작했다. 허량은 도자기를 빚듯이 쌀알들을 빙글빙글 굴리며 하나의 공을 만들어 냈다.

쌀 한 가마니 분량의 쌀알들이 커다란 공이 되어 허량의 가슴 앞에서 빙글빙글 돌았다.

허량이 왼손의 손바닥으로 공을 받치듯 아래쪽에 두었다. 손에 닿지도 않았는데 쌀로 만든 커다란 공은 물레처럼 연신 회전을 계속한다.

그리고 오른손은 가볍게 주먹을 쥐어 검지만 편다. 쌀로 만든 공의 옆쪽에 검지손가락을 대고 조그맣게 원을 그린다.

스스슷.

소용돌이를 그리는 검지의 움직임을 따라 쌀로 만든 공에서 물줄기 일부가 튀어나왔다.

그러나 자세히 보면 그것은 물줄기가 아니라 새까만 쌀벌레들로 이루어진 줄기다.

쌀로 만든 공에서 벌레들만이 소용돌이를 그리며 밖으로 빠져나오고 있는 것이다!

얼마 지나지 않아 허량은 두 개의 공을 가지게 되었다. 쌀 한 가마니의 쌀알들로 만든 커다란 공과 한 줌이나 될까 한 새까만 벌레들로 만든 작은 공이다.

휘익— 휘이익.

두 개의 공은 여전히 돌고 있는 채다.

허량은 작은 벌레들로 만든 공을 벌레 담는 포대에 툭 던져 넣었다. 회전하고 있던 공이 포대 안쪽에 부딪치며 우수수 소리를 낸다.

허량은 커다란 쌀 공도 광목천 위에 내려 두었다. 쌀알들이 회전을 하고 있으니 마구 튕겨나갈 듯 불안 불안해 보였다.
 허량이 공 위에 손을 얹는다. 회전 속도가 완만히 줄어들었지만 쌀들은 아직 공의 형태를 띠고 있었다. 허량은 쌀 공을 가볍게 손으로 누르듯 했다.
 촤아악.
 쌀들은 떨어지는 것이 아니라 흐르듯이 천 위로 쏟아졌다. 약간의 나선을 그리며 쏟아진 쌀들의 모양이 기묘하다.
 태극(太極)!
 음양이 하나로 합쳐지는 원의 가운데를 파도형태의 선이 가로지는 태극의 형상이다.
 가히 눈을 휘둥그레 뜨도록 만드는 고절한 수법이었다.
 허량은 손바닥을 탁탁 쳤다.
 이 정도야 가뿐하다는 표정으로 미소를 머금었다.
 "한 마리도 안 죽었지? 죽을 수가 없어. 무당의 무공은 원래 사람을 살리는 무공이거든."
 풍진의 얼굴이 붉으락푸르락 했다.
 "묘기를 해라, 묘기를. 도사짓 하는 것보다 묘기 보여서 약 팔아 먹고 사는 게 낫겠다."
 "이놈이?"
 허량이 한쪽 눈을 치켜떴다.
 "네놈 눈에는 무당의 태극권이 길거리 약장수의 묘기로 보이냐?"

"어이쿠! 그게 영험한 약을 제조하는데 일가견이 있다는 무당의 무공이었어?"

도가에서는 연단을 한다. 무당의 연단술은 도가에서도 이름나 있다.

풍진은 그것을 빗대어 조롱한 것이다.

"죽일 놈. 보자보자 하니까!"

"뭔 약을 잘못 먹어서 듣는 것과 보는 것도 구분을 못하냐. 쯧!"

허량과 풍진이 이를 갈며 서로를 노려보았다.

겉보기에는 청년인 허량과 쭈글쭈글한 노인인 풍진이라 둘의 대치는 묘한 느낌이었다.

"가만히 내버려두면 온종일 그러고 있겠구먼. 그만들 하게나."

윤언강은 혀까지 차며 고개를 가로저었다.

"분명 자네들은 최고의 절기를 보여주었네. 하지만 고작 쌀벌레를 잡는데 온갖 상승무공을 사용하다니! 그 얼마나 사치스러운 일인가 말일세."

허량과 풍진이 반발했다.

"넌 또 뭐야!"

"닭 잡는 데 소 잡는 칼을 쓰는 격이지. 모름지기 용도라는 건 그에 걸맞게 쓰라 있는 말이잖은가."

"이놈이?"

"이건 뭔데 잘난 체야?"

윤언강은 가벼운 미소를 지었다.

"무공은 뭇 사람들이 우러러볼 정도로 높으나 아직 철이 덜 들었어."

"허!"

"제 녀석은 얼마나 철이 들었다고?"

윤언강은 둘을 가볍게 무시하며 모용전을 지긋한 눈길로 바라보았다.

'또 나야?'

모용전은 고개를 돌리고 한숨을 쉬었다. 잘못한 것도 없는데 찍혔다는 게 못내 우울했다.

그래도 별수 있겠는가. 시키면 해야지.

모용전이 앞선 둘처럼 윤언강의 앞에 준비를 해두자, 윤언강은 한 손으로 뒷짐을 진 채 가만히 쌀을 내려다본다. 두 눈에 자줏빛 안광이 어른거리는 걸 보니 그 역시 자하신공을 끌어올린 모양이었다.

이윽고 윤언강이 한 손을 내밀더니 손가락을 툭 허공에 쳐올렸다. 가볍게 검지를 튕기는 듯한 동작이었다.

그 순간.

광목천 위에 펼쳐놓은 쌀들의 가운데가 쫙 갈라졌다.

그것까지는 별로 놀라운 게 아니다.

정작 놀라운 것은 쌀알들이 양쪽으로 갈라지며 밀려난 가운데의 빈 공간에 쌀벌레들이 그대로 남아 있다는 것이었다.

까만 바구미들은 흰 광목천 위에 덩그러니 모습을 드러낸 채 움직이지 않고 가만히 있었다. 자신들의 모습을 감추어주던 쌀들이 순식간에 사라져 어리둥절한 듯했다.

윤언강이 또다시 검지를 튕겼다.

촤악!

양쪽으로 갈라져 있던 쌀 무더기가 수평으로 갈라져 네 개의 덩어리가 되었다.

쌀 무더기를 네 개로 갈라놓은 윤언강이 손장난을 하는 것처럼 검지를 살짝살짝 휘젓는다. 그때마다 네 개의 쌀 무더기가 들썩거렸다.

쌀 무더기가 들썩거릴 때마다 쌀벌레들이 가운데의 빈 공간으로 튕겨 나왔다. 무형의 힘에 밀려서 어쩔 수 없이 나오고 있는 것이다.

언뜻 그리 대단하게는 보이지 않는 광경이었다. 어찌 보면 풍진이 보여준 것과 비슷한 모습이다.

하지만 사실은 전혀 다른 방식이다.

풍진과 허량이 왕창 얼굴을 일그러뜨렸다.

"소림에 와서 활검으로 사과를 깎았다더니."

"잠도 안 자고 칼질만 했나. 언제 저딴 건 또 익혔어?"

허공을 격하고 검을 그었는데 쌀과 벌레는 베지 않았다. 윤언강이 벤 것은 그 사이의 공간이다. 공간을 베어 없애 벌레가 나올 수밖에 없게 떠밀었다.

풍진과 허량의 표정이 일그러졌다.

풍진은 청성의 검을 썼고, 허량은 무당의 태극권을 썼다.

그러나 윤언강은 화산의 검공을 쓰지 않았다. 특정한 문파의 무공을 쓴 것이 아니라 일반적인 검공을 사용했다. 다만 일반적인 검공을 사용했음에도 거기에 담긴 무리(武理)는 극도의 경지였다.

"치사한 놈."

"제 녀석은 공명검(空冥劍)을 쓰면서 누구더러 사치니 뭐니 하는 거야."

풍진과 허량이 투덜거렸다.

공명검!

모용전과 소림승들은 턱이 빠질 정도로 입을 떡 벌렸다.

공명검은 특정한 검법을 이르는 것이 아니라 활검이나 심검처럼 검공의 경지를 이르는 말이다.

공명검의 경지에 처음 올랐던 이는 무림의 기나긴 역사에서도 손꼽히는 고수였던 광왕(光王)이었다. 광왕은 기연을 얻어 내공은 당대에 따를 자가 없었으나 제대로 된 사문의 교육을 받지 못했다.

그가 할 줄 아는 거라고는 수직으로 베기, 옆으로 베기, 대각선 베기 등 여섯 방향을 베는 광자(光字) 베기뿐이었다. 광자 베기는 검을 처음 배우는 초보에게나 가르치는 기본 중의 기본이었던 것이다.

그러나 수십 년간을 그 한 가지에 몰두한 광왕은 결국 천하제일 고수의 자리에 올랐다. 누구도 그의 단순한 검로를 받아내지 못했다.

광왕의 검은 당시에만 해도 이단의 것이었다.

그가 검을 휘두르면 상대는 멀쩡한 모습으로 죽었다. 검이나 방패로 막으려 해도 소용이 없었다. 죽은 시체를 조사해 보면 놀랍게도 내장만이 베어져 있었다. 겉은 멀쩡한데 속은 두 동강이 나 죽은 것이다.

나무 뒤에 숨든, 돌 뒤에 숨든, 광왕이 검을 휘두르면 반드시 속이 동강나 죽었다. 나무나 돌은 전혀 이상이 없었다.

이후 광왕은 쉼 없이 정진하여 자신이 베고 싶은 것만 베고, 베고 싶지 않은 것은 베지 않는 경지에까지 올랐다. 겉은 멀쩡한데 안의 근육과 힘줄만 벤다거나, 심지어는 보이지도 않는 단전을 베기도 했다.

마치 공간을 격하여 검이 허공을 뚫고 나와 베듯, 광왕의 검은 그러했다. 하여 사람들은 그의 검을 명계(冥界)의 검이라 부르다가, 마침내는 공명검이라 이름 짓게 되었다.

무림 역사상 공명검의 경지에 도달한 이는 스무 명도 채 되지 않는다.

그것을 지금 윤언강이 보여준 것이다.

그래도 풍진과 허량은 기죽지 않았다.

공명검이 높은 경지이긴 하나 심검으로 가기 위한 수많은 갈래 중의 한 단계일 뿐이다. 반드시 공명검을 얻어야 심검을 얻는 것은 아니다.

공명검을 얻은 윤언강이 풍진처럼 촌각에 수십 번의 정확한 검초를 뿌릴 수 있는 것도 아니며, 허량처럼 음양합일의 완전한 태극경을 사용할 수 있는 것도 아니다. 살의(殺意) 섞인 검을 사용하는 풍진이 활검을 얻지 못하는 것과 마찬가지다.

하나, 풍진은 살검으로 활검의 경지와 같은 수준에 도달해 있다. 그것은 일반적인 경지의 구분으로는 명확히 설명하기 어려운 일이다.

그러니 막상 검을 맞대고 싸운다면 누가 이길지는 붙어봐야 알 수 있을 것이다.

"자연경(自然境)도 못 이루었으면서 공명검 가지고 생색내긴……."

"누가 아니래? 하여튼 조용히 살지는 못할망정 꼭 자랑을 하고 싶다는 티를 내요, 티를."

무림 역사에 남을 만한 공명검을 얻은 윤언강이 부럽긴 하지만 풍진과 허량은 기세에서 밀리지 않았다.

오히려 윤언강이 놓친 실수를 지적했다.

"벌레 안 담고 뭐해?"

"우리는 다 포대에 바구미를 담아놨는데 넌 뭐 골라놓고 구경만 하고 있냐?"

윤언강은 아차 싶었다.

공명검으로 쌀과 벌레를 구분해 놓기는 했는데 벌레를 포대에 담아놔야 하는 것이다.

열십자로 갈라진 쌀더미의 한 가운데에 몰려 있던 벌레들이 우왕좌왕한다. 일부는 벌써 쌀더미로 돌아가고 있었다.

허공섭물로 당겨서 넣어 버리면 간단하지만 그랬다가는 사치니 뭐니 풍진과 허량이 비아냥댈 게 분명했다.

아니나 다를까.

"아, 냅두면 벌레 다 다시 쌀 속에 들어간다?"

"설마 하니 평범한 검을 쓰는 척하다가 이제 와서 허공섭물 같은 상승무공을 쓰려는 건 아니시겠지?"

윤언강의 눈썹 끝이 흔들렸다.

그렇다고 쪼그리고 앉아 벌레와 쌀을 담을 수도 없으니 실로 난감한 상황.

윤언강은 태연한 얼굴 표정을 유지했다.

그리고는 마치 '원래 이러려고 했다'는 듯 모용전을 쳐다보았다.

"흐음."

인자한 노인처럼 입가에는 옅게 미소까지 띠고 있었다. 하나 그 눈초리가 의미하는 속내는 전혀 달랐다.

모용전은 움찔했다.

'네가 담아라.'

윤언강의 눈빛이 그렇게 말하고 있었다.

모용전은 이제 반항할 생각조차 들지 않았다.

"제, 제가 하겠습니다. 어르신."

모용전은 그냥 곧바로 쪼그리고 앉아서 빨빨대는 바구미를 집어 포대에 넣기 시작했다. 어쩌다가 자기가 이런 일이나 하게 되었는지 자괴감이 들 뿐이었다.

윤언강은 '원래 이러려고 했다'는 표정을 유지하며 풍진과 허량에게 말했다.

"고르는 것이 어렵지, 담는 거야 누구라도 할 수 있는 일이 잖은가."

그에 대한 풍진의 해석은 간단했다.

"뻔뻔한 놈."

한마디가 정곡을 후벼 팠다.

윤언강은 마음이 찔렸지만 외려 인상을 썼다.

"자네, 아까부터 말이 심하네."

"군자처럼 행세하면서 공명검 자랑이나 하는 놈이 무슨?"

"호오, 그것이 자랑처럼 보였다니…… 의외로구먼. 자네, 무슨 자격지심이라도 있나?"

"자격지심은 무슨? 활검으로 애를 꼬시려던 사람이 공명검을 보여줬으니 이번엔 또 누굴 꼬시려 그러나 궁금해서 그러지."

"허어, 사람 속을 그렇게 긁어 놓으면 기분이 좋던가?"
"당연히 좋지. 너도 방금 해봐서 잘 알잖아."
"이 사람이?"
"이놈이?"

풍진과 윤언강의 시선이 허공에서 마주쳤다. 불씨만 가져다 대면 활활 타오를 듯했다.

그때 마지막으로 남궁호가 나섰다.

남궁호는 모용전이 손에 잘 잡히지도 않는 깨알 같은 바구미를 끙끙대며 다 담을 때까지 기다렸다.

모용전은 아예 남궁호가 시키기도 전에 똑같이 준비를 해 두었다.

"놔두고 비키거라."

자연스럽게 사람들의 눈길이 남궁호에게 향했다. 풍진과 윤언강도 서로에게 코웃음을 치며 고개를 돌려 남궁호를 보았다.

남궁호도 다른 이들에 질세라 잊지 않고 한 마디를 했다.

"거 참, 쉬운 길을 어렵게도 돌아들 가는구만. 벌레를 잡으랬지, 누가 싸움질을 하라 했나?"

세 사람은 남궁호를 쩨려보았다.

남궁호는 짐짓 거만한 태도로 뒷짐을 졌다.

"허허. 이깟 일에는 손을 까딱일 필요도 없지. 공명검? 겨우 벌레 잡는데 그딴 게 다 무슨 소용인가. 용도에 맞는 칼을 써야 한다 했으면 제대로 써야지."

그에게는 제왕검형이 있었다.

제왕검형의 기운으로 벌레를 몰아내는 것쯤 그에게는 아무것도 아니었다.

제왕검형의 기운을 최소한으로 줄여 내보내면 민감한 벌레들은 기운을 피해 쌀 밖으로 달아날 것이다. 기운을 잘만 조절하면 아예 스스로 기어서 포대 안까지 들어가도록 만들 수도 있었다.

쌀벌레 골라내기는 무공의 승부이기도 했지만, 누가 더 효율적으로 빨리 쌀벌레를 골라내는가 하는 승부이기도 했다.

남궁호가 공명검 이상의 무엇을 보여줄 수 없는 이상 후자로 승부의 초점을 옮겨가는 게 현명한 일이었다. 오히려 그것이 주변의 사물을 다스리는 제왕검형을 가진 남궁호에게는 훨씬 유리하다.

남궁호의 속셈을 알아챈 윤언강과 풍진, 허량의 표정은 소태나무 껍질을 씹은 듯했다.

"졌군."

"졌어. 언강이 때문에."

"허어, 나는 왜 거론하는가."

"네가 아니었으면 저놈도 저런 말을 하지 않았겠지."

"큼."

"으흠."

곧 남궁호가 제왕검형을 발현했다.

보통 사람은 알아채기도 힘든 미약한 기운이 남궁호의 몸에서 퍼져나갔다. 예민한 사람이나 겨우 이상하다 여길 정도의 옅은 기운이었다.

곧 쌀벌레들은 집에 불이라도 난 듯 뛰쳐나올 것이다.

불이라도 난 듯 뛰쳐…… 나와야…….

…….

하지만 아무 일도 없었다.

조용하다.

쌀 무더기에서는 아무런 변화도 일어나지 않고 있었다.

"음?"

남궁호가 조금 더 제왕검형에 힘을 주었다.

"……."

그래도 아무 변화가 없다. 반대로 힘을 더 줄여도 마찬가지였다.

쌀알을 밀치고 달아나야 할 벌레들이 잠잠하다.

남궁호는 당황했다.

실수를 한 것도 아니고, 잘못된 것도 아니었다. 그런데도 사람보다 더 민감한 곤충이 반응을 하지 않는 것이다!

나이가 들어서는 해본 적이 없지만 어렸을 적에는 제왕검형의 기운으로 벌집에서 벌들을 내쫓는다거나 구덩이에서 뱀을 불러내 잡기도 했다.

'그런데 왜 쌀벌레들의 움직임이 없는 거지? 너무 작아서 그런가?'

개미들의 행렬을 바꿔 물웅덩이로 가게 한다거나 날벌레들을 불에 달려들게 한다거나 하는 사소한 일도 가능했다.

그런데 고작 바구미를 움직일 수가 없다니?

의아한 것은 우내십존 세 사람도 마찬가지였다.

제왕검형이라면 충분히 벌레들이 스스로 쌀에서 기어나가게 만들 수 있을 터였다. 한데 어째서 아무런 일도 일어나지 않는 것인지 알 수가 없다.

남궁호는 머쓱해졌다.

한껏 거만을 떤 것이 무색할 지경이었다.

남궁호는 이러지도 못하고 저러지도 못한 채 갈등했다.

그때 장건이 소리쳤다.

"아이 참, 그거 하지 마시라니까요?"

장건은 운기행공도 멈추고 일어선 상태였다.

장건이 다가와서 남궁호의 앞에 놓인 쌀알들을 뒤적였다. 중간중간 꼼짝도 안하고 있는 바구미들이 보였다.

"얘들은요. 이상하다 싶으면 죽은 척하고 안 움직여요. 그러니까 얘들한테는 그거 하셔 봐야 소용없어요."

남궁호가 혹시나 하고 옅게 뿌렸던 제왕검형의 기운을 완전히 지우자, 그제야 바구미들이 빨빨거리고 움직인다.

곤충마다 습성이 다른데 바구미는 위험을 느끼면 죽은 척하는 것이 습성이었다.

"……."

남궁호는 꿀 먹은 벙어리가 되었다.

천하의 검왕이 하찮은 바구미의 습성 따위를 알 리 없지 않은가!

허량이 가장 먼저 웃음을 터뜨렸다.

"푸하핫!"

풍진이 뒤이어 웃었다.

"고거 쌤통이다!"

윤언강도 씩 하고 미소를 머금었다.

남궁호의 얼굴은 수치로 붉게 달아올랐다. 창피하긴 했지만 그것이 오히려 분노를 일으켰다.

풍진과 허량이 불을 질렀다.

"넌 도대체 어떻게 검왕이 된 거냐?"

"검왕이면 검왕답게 좀 해봐라. 검성보다도 시원찮어."

풍진과 허량의 말에 윤언강이 발끈했다.

"왜 거기서 날 붙들고 늘어지는 겐가?"

"말이 그렇다는 거지, 널 욕한 것도 아닌데 뭘."

"기분이 그다지 좋지 않네만."

"기분 좋으라고 한 말이 아니니까. 기분이 좋으면 이상한 놈이지. 클클."

스으으윽.

누가 먼저랄 것도 없이 서서히 살기가 일기 시작했다. 기분이 엉망이 된 남궁호도 살기에 대응해 같이 살기를 일으켰다. 풍진과 허량은 물론이고 사람 좋아 보이는 윤언강의 얼굴에도 날카로운 기색이 감돌았다.

"해볼까?"

"오호라, 이제야 한 번 제대로 붙겠군."

"진작 끝냈어야 하는 일이지."

우내십존의 살기는 어지간한 무인도 감당하기 힘들었다. 모용전과 소림승들은 완전히 얼어붙어서 온몸에 소름이 돋았다.

살기의 그물을 이리저리 피해 사각지대에 선 장건은 어이가 없었다.

기껏 일 도와준다더니 무슨 이상한 자랑들이나 하고, 이제는 싸움까지 날판이다.

'그렇게 일하는 게 싫은가?'

역시나 무인들이란 일보다는 싸움을 좋아하는 족속들이다.

'무슨 일만 생겼다 하면 싸우자. 지나가는 데도 싸우자. 아무 일도 아닌 걸로 또 싸우자…… 정말 지겹다.'

예전엔 아예 이해를 못했지만, 그나마 지금은 무인들에 대해 조금 이해가 간다. 내 무공과 상대의 무공을 비교하며 누가 더 나은가 확인하고 싶은 게 무인들이다.

하지만 지금은 그렇게 싸울 때가 아니지 않은가.

이 순간에도 바구미들이 열심히 쌀을 먹어치우고 있을 텐데 말이다.

어지간하면 남들 싸우는 데 끼기 싫은 장건이었지만 당장은 이대로 내버려둘 수가 없었다.

'에휴.'

장건은 한숨을 푹 내쉬며 고개를 절레절레 흔들었다.

그리곤 소리쳤다.

"저기요!"

허량이 성난 목소리로 대꾸했다.

"왜!"

장건이 손을 휘휘 저었다.

"싸우려면 딴 데 가서 하세요. 나머진 제가 혼자 할게요. 괜히 방해하지 마시고, 가세요."

순식간에 살기가 싹 사라졌다.

어처구니가 없어 윤언강과 남궁호는 '허허' 웃기까지 했다.

"저 자식이?"

돌연 더 진한 살기가 일었다.

넷의 살기가 장건을 향해 쏘아졌다.

그야말로 해일처럼 무시무시한 살기였다.

'으아! 진짜들 화나셨나 보다.'

장건은 뜨악한 표정으로 재빨리 보법을 밟았다. 아직 내공을 다 회복하지는 못했지만 평소에도 거의 힘의 소모가 없이 움직이는 장건이라 보법을 밟는 건 어렵지 않았다.

다만 피할 데가 없다는 게 문제였다. 한 명도 아니고 네 명의 살기가 그물처럼 쏟아지며 촘촘하게 덮여왔다.

'에라, 모르겠다.'

장건은 좌우를 보다가 딱딱하게 굳어 서 있는 모용전의 뒤로 숨었다.

네 사람의 살기를 받은 모용전의 얼굴에서 순식간에 핏기가 가셨다.

"어어어억!"

모용전은 가련하게 비명을 질러댔다. 온몸이 찢기는 듯한 고통에 금방이라도 쓰러질 것 같았다.

우내십존의 성난 살기를 정면에서 받을 수 있는 사람이 몇이나 되겠는가.

'왜 또 나한테 와!'

모용전은 아주 죽을 지경이었다.

장건이 모용전의 뒤에서 중얼거렸다.

"그래도 할 말은 해야지. 안 그러면 싸우느라 난장판이 될 거 아냐? 바구미들이 쌀을 다 먹으면 어쩌려고."

순간 모용전은 장건이 미친놈이라는 생각이 들었다.

우내십존의 대결을 보는 것만으로도 삼생의 영광인데, 그걸 한낱 애들 싸움으로 치부하다니! 소림이 난장판이 되는 것쯤 우내십존의 대결에 비하면 아무것도 아닌데!

'제발 그놈의 바구미 타령 좀 하지 마! 우내십존의 대결을

보는 게 흔한 일인 줄 아냐? 나를 위해서라도 그만 둬!'

장건이 모용전의 간절한 바람을 마음으로나마 느꼈던 것일까?

장건이 소리쳤다.

"정 싸우고 싶으시면 싸우셔도 되는데요!"

모용전이 살기를 버티느라 다리를 와들와들 떨다가 기쁨의 표정을 짓는 순간, 장건이 다시 외쳤다.

"그럼 일이나 마저 다 하고 싸우시든지요!"

제5장

기회는 이 때?

모용전은 갖은 허드렛일을 하느라 온 몸이 쑤셨다.

두어 시진 동안 거의 쌀 수십 가마니를 쉴 새 없이 짊어지고 뛰었다.

근육들이 비명을 질렀다.

"크윽……"

자기도 모르게 신음이 새어나오고 허리로 손이 갔다. 걸을 때마다 절뚝거리고 허리를 펴지 못했다.

결국 우내십존은 작업을 끝까지 마쳤다.

그럼에도 화를 좀처럼 가라앉히지 못했는지 네 노인은 작업이 끝날 때까지 한마디도 하지 않았다.

단지 죽어라 벌레를 잡았을 뿐이었다.

네 초고수가 무시무시한 속도로 벌레를 잡아대니 모용전과 소림승들은 잠시도 쉬지 못하고 죽어라 보조를 해야 했다. 외가 공부를 익힌 소림승들조차 작업이 끝나자마자 뻗어 버렸으니, 얼마나 고된 작업이었는지 알 수 있는 것이었다.

이름난 세가인 모용가에서 제대로 무공을 배우고 자란지라 무거운 것을 들고 나르는 건 본래 어려운 일이 아니었다. 그런데 그것도 내공을 사용했을 때나 어렵지 않다.

우내십존이 연신 공력을 끌어 올리고 살기까지 간간이 뻗어내는 바람에 모용전은 제대로 내공을 쓸 수가 없었다. 커다란 배가 지나가면 옆에 있던 작은 돛단배가 출렁이다 전복되는 것과 비슷했다.

그러다보니 본신의 힘만으로 쌀가마니를 날라야 했다.

내공을 어느 정도 쌓은 뒤부터는 딱히 본신의 힘만으로 노동을 한 적이 없는지라, 지금 모용전은 근육이 발발 떨려 죽을 지경이었다.

순수한 힘만으로 수십 근이나 되는 쌀가마니를 짊어지고 뛰었으니 힘들지 않으면 그게 더 이상한 일이다.

정말이지 오기와 근성으로 해냈다. 작업이 끝나고 나서 '내가 해내고야 말았어!' 라고 외쳤다가 갑자기 우울해지기까지 했다.

"무술하는 근육과 노동하는 근육은 따로 있다더니, 크으으."

그렇게 벌레를 잡아대던 노인들은 작업이 끝나자마자 그냥 돌아가 버렸다.

"제길. 내가 무슨 잘못을 했다고······."

딱히 잘못한 것도 없는데 그 자리에 있었다는 이유만으로 모용전은 심하게 부림을 당했다. 누구에게 하소연할 길도 없고, 아무 이득 없는 노동이었다.

"사람들이 다 속은 거야. 그렇게 순진하게 생겨가지고는······ 크윽, 완전히 미친놈이었어. 어떻게 우내십존에게까지 막말을 할 수가 있지?"

왠지 불안했다.

"아무래도······ 내가 실수한 게 아닐까?"

장건을 끌어들인 것이 자못 자멸을 초래하지 않을까 하는 걱정이 들었다.

팽탁은 기세등등하게 장건을 이길 수 있다 자신하고 있었지만, 모용전은 그가 이길 가능성이 적다 생각했다. 하지만 직접 장건을 겪고 나서는 아예 일말의 기대도 되지 않았다.

"이런 상황에서 제갈가의 아이를 건드리는 것이 정말 잘하는 짓일까?"

잠시 생각해 보았지만 좋은 결과가 기대되지 않았다.

"아무래도 성급했어. 그렇게 미친놈이라는 걸 미처 생각지 못했으니······."

모용전은 자신의 완벽한 계책이 생각보다 엄청난 파장을 가져올지도 모른다는 불안감에 흔들렸다.

무엇보다 장건의 신위가 보통이 아니었다. 비록 검왕 남궁호가 검을 들지 않았고, 그가 전력을 다한 것도 아니었지만 중반까지는 거의 밀리지 않았던 것이다. 오히려 검왕을 몰아붙이기도 했다.

"장건에게 나와 팽탁, 그리고 남궁상까지 덤벼들어도 안 되는 건 분명하지. 그냥 거기서 끝나면 다행이겠지만 그 일로 검성과 환야, 청성일검까지 분노하게 된다면……."

어떻게 될까?

생각만 해도 다리의 힘이 풀리는 듯했다.

우내십존을 직접 목전에서 겪은 탓이다. 역시 소문으로 듣는 것과 직접 보는 건 다르다. 그들이 분노했을 때, 세가 연합은 그들의 분노를 받아낼 수 있을까?

계획을 세울 때까지만 해도 우내십존이 그렇게 두렵다는 생각이 들지 않았고, 또 검왕이 같은 편에 있으니 괜찮지 않을까 생각했던 것이다.

하지만 오늘 본 우내십존의 사이는 참으로 미묘했다. 언뜻 허물없이 편하게 지내는 것 같지만, 속으로는 서로를 잔뜩 경계하고 있었다.

그들 간의 묘한 알력은 언제 불이 붙을지 모르는 도화선과도 같았다. 마치 어디 한번 걸리기만 해봐라, 하고 잔뜩 몸을 웅크린 승냥이 같았다.

"역시나 평화가 너무 오래 지속된 것일까?"

지금의 정파는 유래 없이 번성기를 누리고 있었다.

강호의 노인들은 젊었을 때 수시로 마교가 쳐들어 와서 수천 명이 죽었다느니 정사대전 때 피가 강을 이루었다느니 하고 얘기하는데, 정작 모용전은 그런 일을 한 번도 겪은 적이 없었다.

강호일통을 하겠다며 난(亂)을 일으키는 세력도 없었고, 혈겁을 일으키는 자도 없었다.

마교는 너무도 오랫동안 웅크리고 있어서 젊은 무인들은 그런 단체가 있는지 없는지도 모르고, 사파는 거의 궤멸되다시피 한 게 벌써 십수 년이 더 되었다. 일부만이 생존해 그 명맥을 잇고 있다고는 하지만 눈에 띄게 큰 방파는 존재하지 않는다.

간혹 나타나는 악인들은 어떤 시대에나 존재하는 악인이지, 딱히 어떤 방파에 속한 이들이 아니었다.

모용전이 아는 건 한 세대 앞의 최강자였던 천하오절에 의해 마교가 패퇴하였고, 뒤이어 나타난 우내십존이 관과 협력하여 사파를 척결했기 때문에 지금의 평화가 찾아왔다는 정도다.

그러다 보니 기껏 어렸을 때부터 무공을 배우고 고수가 되어도 할 일이 없다. 정파의 고수들이 악인보다 더 많은 마당에, 악인을 처단하여 명성을 올리는 것도 쉽지 않은 일이었다.

팽씨세가에서 철비각 종유를 철천지원수처럼 생각하는 것도 지극히 당연한 이치다. 명성을 올릴 기회를, 심지어 팽가의 체면을 손상시킨 대웅삼마를 팽가의 무인이 아니라 종유가 해치웠기 때문이다.

현 강호에서 정파 무림이 가진 가장 큰 문제는 바로 이것이었다.

주적(主敵)의 부재!

힘은 가졌는데 적(敵)이 부재하기에 쓸 일이 없다.

더구나 관의 간섭이 심해 함부로 무력을 동원하기도 어렵다. 도대체가 쓸 일이 없는 무공을 뭐하러 배우는지도 의심스러울 지경이다.

어쩌면 우내십존 이후에 딱히 뛰어난 후계자들이 나오지 못한 것은 필연적인 일인지도 몰랐다. 본래가 영웅은 난세에 나타난다고들 하지 않는가.

지금처럼 평화로운 와중에 젊은 영웅이 나타난다고 해서 딱히 부각될 리가 없는 것이다.

이런 상황에서 각 문파들이 할 수 있는 일이라고는 자신들의 영역을 넓히고 타 문파를 견제하는 일뿐이었다. 소림이 여타의 거대 문파들에 의해 그 세가 축소된 것도 같은 맥락에서 벌어진 일이다.

하다못해 지금 이 순간에도 각 문파의 영역 경계선에서는 지독한 계략과 술수가 난무하고 있을 터였다.

심지어 우내십존조차도 당금 무림의 거대한 흐름에 휩쓸려 같은 행태를 보이고 있는 것이다.

수백 수천 명의 적을 상대로 가공할 무위를 펼쳐야 할 우내십존이 쌀벌레나 잡으며 신경전을 벌일 수밖에 없는 상황.

"장건……."

이러한 와중에 장건이란 존재가 얼마나 매력적인지는 두말할 필요도 없다.

청성일검의 검을 막아내고 수백 명의 무인을 홀로 쓰러뜨린 아이.

아마 이대로 무난하게 흘러간다면 우내십존의 사후에는 장건의 천하제일인(天下第一人) 시대가 도래할지도 몰랐다.

모용전은 입술을 질겅 깨물었다.

그 장건을 끌어들여 혼란을 일으키게 된다면 자칫 대란(大亂)의 불씨가 될 수도 있었다.

모용전은 돌아가는 걸음을 멈추고 화창한 하늘을 올려다보았다.

"막막하군."

하늘에 유유자적 흘러가는 구름이 몽실몽실 모습을 흩트린다. 그러더니 어느새 구름은 으스스한 눈빛으로 자신을 바라보는 풍진의 얼굴이 되었다.

요즘 싸가지 없는 애들 많던데, 걸리면 죽는다.

흠칫!

모용전은 모골이 송연해졌다.

얼굴을 아예 안 봤다면 모를까. 이미 본 마당에 이번 일이 터지게 되면 풍진을 다시 대면할 자신이 없다. 풍진이 아주 산 채로 잡아먹으려 할지도 모른다.

　이 새끼, 싸가지 있다고 하더니 내게 거짓말을 했어?
　감히 청성을 바보로 만들고도 살아남을 줄 알았느냐! 넌
　오늘 뒈지는 줄 알아라.

그러면 정말 모용전은 뒈질 것이 분명하다.

'내가 너무 우내십존의 존재를 무시했어. 단순히 뒷방 노인네들이 아니야. 일을 도모하기에 상황이 여의치 않아.'

모용전은 길게 한숨을 내쉬며 고개를 절레절레 흔들었다.

걷는 듯 기는 듯, 모용전은 정말로 힘들게 세가의 자제들이 있는 정자까지 걸어갔다. 보통 걸음으로 이 다경 정도면 충분히 걸어갈 수 있는 거리를 거의 반 시진도 넘어서야 도착했다.

시간이 오래 지났으니 아직도 있을 거라고는 생각하지 않긴 했지만, 그곳에는 달랑 두 명만이 남아있을 따름이었다.

"아니, 모용 형! 왜 이제야 나타나는 거요?"

"우리가 얼마나 찾았는지 알아요?"

남궁상과 황보윤이었다. 둘은 모용전의 속도 모르고 연인처

럼 다정하게 팔짱을 끼고 정자 위에 앉아 있었다.

'얼마나 찾긴 개뿔이…….'

모용전의 표정은 통증과 불안감으로 상당히 일그러져 있었다. 그제야 모용전이 땀에 절어 피곤한 안색인 것을 확인한 남궁상이 물었다.

"어디 아픈 거요? 혹시 장 소협에게 간 일이 잘못되기라도 했소?"

황보윤도 놀라 물었다.

"정말이네? 얼굴이 왜 그래요. 옷은 또 왜 그렇게 흙투성이구요?"

피곤해진 모용전이 무슨 말을 할까 망설이다가 대답했다.

"바구미 때문이오."

"바구니?"

"비구니요?"

모용전이 피곤한 얼굴로 손을 내저었다.

"어쨌든 장 소협은 시간에 맞추어 나오기로 했소."

그러나 아무래도 계획을 취소해야겠다고 말하려는 찰나.

남궁상이 가슴을 쓸어내리며 말했다.

"아아, 다행이오. 그럼 예정대로 비무가 되겠구려. 그게 잘못됐으면 아마 난 할아버님께 맞아 죽었을 거요. 역시 모용 형이 실패할 리 없지."

"응?"

남궁상의 조부는 바로 아까 만났던 검왕 남궁호다.

모용전이 눈썹을 치켜 올렸다.

"그게 무슨 소리요?"

남궁상은 가슴을 탁 치며 호탕하게 말했다.

"아무래도 모용 형이 늦는 것 같아 내 좀 전에 할아버님을 만나 뵙고 얘기를 드렸소이다."

모용전이 기겁했다.

'그만둬야 하는데!'

남궁상은 모용전의 표정을 오해했다.

"아아, 걱정 마시오. 할아버님께서 아주 좋아하셨소이다. 걱정 말고 일을 도모해보라 격려까지 해주셨단 말이지요."

남궁상은 자랑스러운 듯 웃었고 황보윤은 그런 남궁상이 멋지다는 듯 흠모의 눈길로 바라보았다.

모용전은 질려 버렸다.

'이런 멍청한 놈! 좋다고 웃을 때가 아니건만!'

오늘 일로 검왕은 크게 체면이 상했다. 장건과 다른 우내십존의 자존심을 상하게 하기 위해서라면 무슨 짓이든 벌일 만하다.

그러나 당장의 뒷감당은 검왕보다 자신들이 먼저 해야 하는 것이다. 무엇보다 자기가 제일 처음으로 죽게 생겼다.

모용전이 떨리는 목소리로 성을 내며 말했다.

"가서…… 없던 일로 하겠다 말씀드리시오."

"응?"

"왜요? 장 소협도 나오기로 했다면서요. 팽 대협과 소은 언니도 벌써 가 있는걸요?"

"그러니까……."

모용전은 머릿속이 마구 헝클어지는 것을 느끼며 어떻게든 수습을 하려 했다.

하지만 그때 나직하고 굵은 목소리가 들려왔다.

"역시 네가 이번 일을 꾸몄구나."

모용전은 소름이 쭉 돋았다.

'검왕!'

남궁상이 의외라는 듯 정자를 찾아 온 남궁호를 보았다.

"어라? 할아버님께서 왜 또……."

황보윤도 급히 팔을 떼고 다소곳이 고개를 숙였다.

"검왕을 뵙습니다."

검왕 남궁호가 긴 장삼을 늘어뜨린 채 서 있었다.

"내 상이에게 얘기를 듣긴 했으나, 아무래도 저 녀석 머리에서 이런 생각이 나올 리는 없을 것 같아서 와 보았다."

남궁상은 남궁호의 눈치를 살폈다. 살짝 황보윤에게서 거리를 두고 떨어졌다. 세가의 이름을 빛내야 하니 열심히 하라 했는데 연애나 한다고 혼날까 봐서였다.

눈치를 살피던 남궁상이 조심스럽게 말했다.

"모용 형이 도움을 준 건 사실이지만 제가 먼저 얘기를 꺼내지 않았으면……."

"됐다."

남궁호가 모용전과 남궁상을 번갈아 보았다.

"이번 일은 세가연합의 위상을 높임과 동시에 너희들의 이름을 알릴 수 있는 좋은 기회가 될 거다."

"물론이죠. 할아버님."

남궁호의 입가에도 미소가 생겨났다.

체면이 좀 상하긴 했지만 움직이길 잘했다는 생각이 들었다. 덕분에 이런 기회가 생겼다.

"상아."

"예, 할아버님."

"무슨 수를 써서라도 건이란 아이를 비무에 끌어 들여라."

"당연히 그럴 것입니다."

"그리고 싸우게 된다면, 반드시 이겨라."

"그야 물론…… 네?"

남궁상은 자신의 귀를 의심했다.

장건과 싸워 이기라고?

'그게 무슨 말도 안 되는 소립니까! 제가 어떻게 장 소협을 이겨요!'

생각은 했지만 말은 밖으로 나오지 않았다.

"아깐 그런 말을 안 하셨으면서……."

남궁호가 말했다.

"최선을 다하는 정도로는 안 된다. 이왕 벌인 일이라면 제대로 벌여라. 반드시 이겨라. 이길 수 있다. 만약 이기지 못한다면……."

남궁호의 눈이 매서워진다. 남궁상은 얼어붙어서 감히 뭐라고 대꾸도 못했다.

"각오를 해야 할 게다."

남궁상은 마른 침을 삼키며 '네' 하고 대답했다. 좀 전에 황보윤에게 대답할 때하고는 천지차이인 모습이었다.

"너라면 할 수 있다. 자신감을 가져라. 그간의 수련이 헛되지 않았음을 이 할애비에게 보이거라."

"아, 알겠습니다. 그런데 그 말을 하러 일부러 오신……."

남궁호는 서늘한 미소를 지었다. 남궁상이 아니라 모용전을 보며 대답했다.

"너라면 내가 무슨 말을 하는지 알 것이다."

모용전은 알 듯 말 듯한 표정으로 슬며시 눈을 들어 남궁호의 눈치를 살폈다.

남궁상은 반드시 이겨야 한다는 남궁호의 말에 머리를 싸매고 전전긍긍했으나, 모용전은 눈빛을 빛냈다.

'검왕이 손자의 실력을 모를 사람이 아닌데 남궁상이 이길 수 있다고 말했다면…….'

그것은 아까 간을 보듯 장건을 시험하면서 무슨 일이 있었다는 뜻이다. 단순히 내공을 사용해 장건이 지쳤나 싶었는데,

그 이상이 있는 듯하다.

'이길 수 있다는 건가?'

장건의 몸은 완벽한 상태가 아니다. 모용전은 알아보지 못했지만, 남궁호는 장건의 내공이 거의 소진된 것을 알았다. 완전히 회복하려면 적어도 며칠은 걸릴 것이다.

오후까지 어느 정도 회복을 한다 해도 평소 기량의 십분지 일도 내기 힘들 터다.

현재의 소림에 워낙 대단한 고수들이 즐비해 남궁상이 상대적으로 초라해 보이지만, 남궁상도 평범한 실력은 아니다. 전통 강호인 남궁가의 젊은 층에서도 손꼽는 기재다.

내공이 거의 소진된 장건이 상대라면 남궁상이 밀릴 싸움은 아니다.

어찌 보면 다소 비겁하단 말을 들을 수도 있겠으나, 만일 계획대로 잘된다면 비무를 청하는 건 장건이지 세가의 자식들이 아니다. 자기의 상태가 좋지 않으면서 덤빈 사람이 잘못인 것이다.

남궁호는 모용전이 자신의 말을 알아들었다는 걸 확인하고는 미소가 짙어졌다.

'어차피 천기는 본가와 소림을 잇고 있지 않다. 최근 들어 더욱 확실해졌어. 그렇다면 무슨 소리를 듣더라도 차라리 이번 기회에 확실하게 이득을 챙겨두는 것이 좋다.'

평가는 강자에게 쏠리게 마련이다. 안 좋은 소문은 겨우 몇 년을 가지만 가문의 위세는 수십 년을 간다.

남궁호는 그렇게 마음을 정했다.

모용전도 승리를 확신하는 남궁호를 보며 두려움을 버리기로 했다.

어차피 검왕까지 승낙한 일.

물러설 곳도 없다.

그가 말했듯 이왕 벌인 일이라면 제대로 벌여야 했다.

곧 남궁호가 장건의 몸 상태에 대해 설명하기 시작했다.

* * *

"예? 그게 무슨 말씀이십니까? 비무가 연기될지도 모른다니요?"

문사명은 스승이 한 뜻밖의 말에 놀라 되물었다.

윤언강이 대답했다.

"검왕 남궁호, 그 친구가 끼어들었다. 건이의 내공 소모가 심해서 아마 며칠간은 제대로 된 실력을 펼치지 못할 게다."

"아니! 검왕께서 왜 나섰단 말입니까?"

"딴에는 호기심이 동한 듯했는데, 지나쳤던 게지. 답지 않게 성급했어."

윤언강의 표정은 전에 없이 딱딱했다. 언제나 인자하던 표정을 짓고 있던 그가 아니었다.

문사명은 그 순간 번개처럼 머리에 스쳐가는 생각이 있었다.

윤언강이 문사명의 표정을 보았다.

"짐작 가는 게 있느냐?"

"예."

문사명이 진중하게 입을 열었다.

"스승님. 여쭐 것이 있습니다."

"말해 보거라."

"체면과 실리. 무인에게 어느 쪽이 더 중한 것입니까?"

"글쎄다."

윤언강이 잠시 생각하다 대답했다.

"네가 얻고자 하는 것이 무엇이냐에 달려 있지 않겠느냐? 네 스스로가 무인으로서의 자긍심보다도 더 중한 것이 있다 생각한다면, 그것을 따르는 게 옳을 것이다."

문사명은 생각에 잠겼다.

그런 문사명을 보던 윤언강이 넌지시 말을 했다.

"본래 너와 건이의 비무는 수십 년 전부터 홍오와 약속이 된 것이었다. 홍오와 나는 무공에 대해 서로 상반된 의견을 가지고 있었다. 나는 하나의 길로 무의 극에 도달할 수 있다 생각했고, 홍오는 여러 갈래의 길을 모두 섭렵해야 비로소 극을 볼 수 있다 했다."

문사명은 묵묵히 윤언강의 말을 경청했다.

"한데 오늘 보니 정작 홍오가 이루지 못한 것을 건이가 이루려는 듯 보이더구나. 그래서 내가 남궁호 그 친구를 막지 못한 것일 수도 있겠다."

문사명은 스승인 윤언강이 자신을 통해 그 대답을 얻길 원한다는 걸 알고 있었다. 자신과 장건의 승부가 아주 오래전 두 무인이 가졌던 의문의 대답이 되는 것이다.

문사명은 조금 고개를 떨구었다.

"스승님…… 어쩌면 제가 스승님을 실망시켜드릴지도 모르겠습니다."

윤언강이 그런 문사명을 따스한 눈길로 바라보았다. 문사명이 입술을 깨물고 어렵사리 얼굴을 들었다.

"제자, 오늘 장 소협과 겨루게 될 것 같습니다."

문사명의 표정에서 수치가 보였다. 그럼에도 불구하고 모순적인 투지가 함께 느껴졌다.

문사명은 장건이 내공을 잃어 제대로 무공을 펼치지 못한다 하더라도 승부를 낼 셈인 것이다.

윤언강이 고개를 끄덕였.

"그것이 네가 가야 할 길이라면 마땅히 그리하거라. 네게는 너의 길이 있으니 강요하지 않으마."

"……죄송합니다."

"하나, 확실히 알아 두거라. 네가 하고자 하는 일은 긍지 높은 무인으로서 옳다고도 정당하다고도 할 수 없는 일이다."

문사명이 다시금 부끄러움을 떠올렸다.
그런데 돌연 윤언강이 문사명의 어깨에 손을 올렸다.
"사명아."
"예, 스승님."
이상하게 어깨에 올린 손에 잔뜩 힘이 들어가 있다.
문사명이 의아한 눈으로 윤언강을 보았다. 윤언강이 짐짓 이를 갈며 말했다.
"이겨라."
"네?"
"옳은 일이든 나쁜 일이든, 지는 것보다야 이기는 게 낫지 않겠느냐?"
문사명은 놀라서 윤언강을 똑바로 쳐다보았다. 평소에는 절대 이런 말을 하던 사부가 아니었다.
윤언강이 장난으로 하는 말이 아니라는 게 표정에 완연히 드러나 있었다. 그렇게나 문사명을 아끼던 윤언강인데, 지금 순간에는 '지면 죽는다!' 는 얼굴을 하고 있었던 것이다.
문사명은 흠칫 놀라 고개를 떨구었다.
"싸우게 된다면 지지 마라. 알겠느냐?"
"예, 예. 스승님······."
문사명은 떨떠름한 기분이었지만 이를 악물었다.
어쨌거나 남궁지에게 인정을 받기 위해서라면 무슨 일이든 할 수밖에 없었다.

'한 번. 이번 한 번뿐이다. 내 평생에 다시는 이런 부끄러운 일을 하지 않겠다.'

그러나 마지막 한 번이라고 생각하는 만큼 문사명은 전력을 다할 것이다. 스스로 부끄러움을 알고 하는 일이니 절대로 느슨하게 하지 않을 셈이다.

필생의 각오와 함께 투지가 끓어올랐다.

'하나, 그 전에 할 일이 있지.'

문사명은 이를 질끈 깨물었다.

* * *

우내십존이 악을 쓰며 일을 끝낸 탓에 생각보다 벌레 잡는 일이 빨리 끝났다.

"하면 잘하면서 왜 안 하려고 하시는지를 모르겠네."

장건은 기지개를 쭉 폈다. 덕분에 편하게 구경만 해서 그런지 일을 했다는 느낌이 들지 않았다.

하지만 장건도 내공을 다 써버렸으니 적잖은 대가를 치른 셈이다.

"기껏 아침 잘 먹고 이게 뭐람? 배가 허해서 죽겠잖아. 아, 배고파."

꼬르륵. 꼬르르륵.

배가 평소보다 훨씬 심하게 요동을 쳤다.

"좀 참아. 그런다고 어디 하늘에서 밥이 뚝 떨어지는 것도 아니잖니?"

장건은 아랫배를 툭툭 치며 달랬다.

대환단과 독정의 영향으로 일 갑자가 넘는 내공을 수용할 수 있는 커다란 단전이었다. 때문에 쉽사리 채워지지 않았다. 공기 중에 있는 적은 기를 먹어 그만한 양을 채우긴 생각보다 요원했다.

"배고파…… 배고파…… 배고파……."

흐느적거리는 장건의 걸음은 평소하고는 분명 다른 것이었다.

장건이 어디로 가야 할지 갈피를 못 잡고 외원을 서성대는데, 멀리서 제갈영이 달려왔다.

"오라버니!"

"영아?"

"내가 얼마나 오래 기다렸다구!"

제갈영이 쪼르륵 달려와 장건의 팔을 붙들었다.

장건의 몸이 휘청거렸다. 바람만 불어도 날아갈 듯했다.

"어어?"

제갈영도 놀랐다.

"왜 그래? 피죽도 못 먹은 사람처럼?"

"맞아. 딱 그런 기분이야."

장건이 우울하게 한숨을 내쉬었다.

"아 참, 이따가 비무한다며?"

"어? 그걸 어떻게 알아?"

"모…… 모…… 뭐였더라. 그런 사람이 와서 나한테 비무의 참관인이 되어달라고 했어."

"정말?"

"응. 그래서 이따 가려고 했지. 뭐라도 좀 먹고 나서."

"그랬구나."

제갈영이 입에 손가락을 올리고 볼을 부풀렸다.

"난 시간이 좀 남길래 오라버니한테 무공 좀 봐달라고 그럴라 했는데."

"나한테?"

"예전에 무공 봐주기로 한 거 잊었어? 잠깐만 좀 봐 줘. 상대가 만만치 않거든."

"움…… 하지만……."

장건이 힘없이 고개를 떨어뜨렸다.

"배고파."

무공을 봐 주는 게 어려운 일은 아니었지만 배가 너무 고팠다.

꼬르르르륵!

장건의 뱃속에서 천둥번개가 쳤다.

제갈영은 깜짝 놀랐다.

"배 정말 많이 고파?"

"응. 죽을 것 같아."
"세상에…… 난 배에서 그렇게 큰 소리 나는 거 처음 들었어."
"괜찮아. 도와줄게."
꼬르륵!
제갈영이 난처한 얼굴로 장건을 보았다.
"별로 안 괜찮은 거 같은데?"
"저녁 공양까지만 참으면……."
장건은 말을 하다가 끔찍하다는 생각이 들었다.
"저녁 공양까지 어떻게 기다리지? 후우우."
"안 되겠다. 오라버니는 그냥 밥이나 먹으러 가. 난 내가 알아서 해야지 뭐."
"상대가 만만치 않다면서?"
"응…… 그렇긴 해."
"그런데 왜 비무를 하자고 했어. 안 될 거 같으면 하지 말지."
"걔가 우리 집안을 막 욕하잖아. 그런데 어떻게 참어?"
제갈영이 씩씩했다.
"누군지 몰라도 심보가 못됐나보다. 왜 남의 집안을 욕하지?"
"나도 몰라. 나한테 무슨 앙심이 있는지."
꼬르르륵.

제갈영이 울상을 지었다.

"히잉. 아무래도 안 되겠다. 빨리 뭐라도 먹으러 가."

"뭐 있어야 먹지."

"어휴! 진짜 처음 볼 때나 지금이나 거지같다니까."

"나 거지 아냐."

"만날 배고파 하니까 거지지!"

"아니라니……"

꼬르륵!

장건이 입을 다물고 고통스러운 표정을 지었다. 말을 하니 배가 더 고파지는 것 같았다.

장건은 이제 눈에 헛것이 보이는 것 같았다.

"하얀 쌀…… 파란 채소…… 빨간 열매……."

제갈영은 장건이 불쌍해서 안쓰러웠다.

"어휴. 어떻게 먹을 걸 생각해도 다 시시한 것들뿐이람. 진짜 왕 불쌍해. 그냥 가. 내가 알아서 할게."

"그래도……."

제갈영은 버티려는 장건의 등을 떠밀었다.

"나 살자고 낭군님을 죽일 순 없잖아. 내가 찾아주고 싶지만 나도 오랜만에 무공 연습해야 돼. 이따가 잊지 말고 오기나 해."

"으, 응."

"먹을 거 얻을 데는 있고?"

장건이 잠시 생각하다가 대답했다.
"아, 있긴 있어."
"그래, 그럼 빨리 가. 길에서 굶어 죽지 말구."
"알았어. 이따 봐."
 장건은 비척거리면서 걸음을 옮겼다. 그런 장건의 뒤를 바라보며 제갈영은 한숨을 길게 내쉬었다.
"꼭 병든 강아지 같다. 배고프다고 사람이 어떻게 저 정도까지 된담?"
 그러나 장건을 보는 건 제갈영뿐만이 아니었다.
 장건이 어떤 상태인지 몰래 지켜보던 이가 있었다. 남궁상과 황보윤이었다.
"정말인데?"
"그러네요."
"제대로 걷지도 못하는 걸 보니 내공을 다 쓴 정도가 아니라 내상을 입은 거 아닐까?"
"에이, 설마 검왕 어르신께서 그 정도도 모르시겠어요?"
"하지만 누이도 지금 보고 있잖소. 저건 꼭 다 죽어가는 노인네라고 해도 믿을 것 같소."
"음…… 저도 그렇긴 해요."
"어쨌든 우리로선 잘된 노릇이구려."
"걷지도 못할 정도면 뻔하겠죠."
 남궁상과 황보윤은 눈까지 빛냈다.

"이길 수 있겠소."

"이길 거예요! 그래서 남궁 오라버니의 명성이 전 강호에 자자하게 퍼질 거예요."

황보윤은 꿈을 꾸는 듯한 표정을 지었고 남궁상도 한결 자신감에 불타는 얼굴을 했다.

"힘냅시다!"

"힘내요, 우리!"

* * *

문사명은 종유를 찾아갔다.

종유는 외원의 한 전각 처마의 그늘에서 백리연을 비롯한 다른 청년들과 함께 있었다.

"소림에선 아직입니까?"

"그런 것 같소."

"나 원 참. 그까짓 게 뭐가 대단한 일이라고. 당연히 우리 종 대협의 차례가 먼저잖습니까."

"그러게 말이지. 소림은 대체 무슨 생각을 하는지 모르겠다니까. 안 그렇습니까, 소저?"

백리연은 시끄럽게 떠들어대는 청년들의 말을 제대로 듣고 있지도 않았다.

"그런 것 같군요."

성의 없는 대답을 하며 다른 생각에 잠겨 있을 뿐이었다.

학사 이병은 종유와 백리연 몰래 한 청년에게 눈짓을 해 보였다. 그가 이병에게 가까이 가 귓속말을 했다.

"며칠 안으로 연락이 올 것이오."

"잘 됐군. 어차피 종 대협은 글렀소."

종유는 계단 가에 앉아 으득거리며 손가락을 꺾고 있었다. 우내십존까지 끼어들어 마음이 초조한 모양이었다.

"음?"

날카로운 살기!

종유가 행동을 멈추고 고개를 들었다.

따사로운 햇살을 받으며 한 청년이 그를 향해 정면으로 걸어오고 있었다.

다른 청년들도 문사명의 존재를 눈치챘다. 문사명의 기세가 보통이 아니어서 누구도 섣불리 말을 건네지 못하고 있었다.

문사명은 백리연이 안중에도 없다는 듯 종유의 바로 앞까지 와 섰다.

종유는 앉은 자세 그대로 고개를 삐딱하게 올려 문사명을 노려보았다.

저릿한 살기가 두 사람의 주변으로 퍼져 나갔다. 백리연과 청년들은 마른 침을 삼키며 두 사람을 지켜보았다. 어람봉에서 두 사람 간에 있었던 일은 이미 알고 있었다.

종유가 먼저 입을 열었다.

"우리 사이에 할 얘기가 있을 것도 아니고, 사과나 인사를 하러 온 것도 아닌 듯하니…… 필시 한판 붙어 보자는 것 같은데."

문사명이 사나운 기세를 감추지 않으며 대답했다.

"그렇소. 우리 사이에 해결할 일이 있는 것 같아서 말이오."

청년 중의 누군가가 빈정대듯 말했다.

"나 참. 그러다가 안 되면 또 사부를 불러올 거면서, 무슨 잘난 척은……."

문사명이 청년에게 시선을 돌렸다. 청년은 찔끔 놀라면서도 물러나지 않고 입방정을 떨었다.

"아, 내 말이 틀렸소? 사부를 믿고 이러는 거면 알아서 기어 줄 테니 으스대지나 말란 말요. 속이 다 메스꺼워 죽을 지경이니까."

"개인적으로 온 것이오. 사부님과는 아무 상관이 없소."

"말은 잘하지. 말은……."

문사명은 인상을 쓰고 고개를 돌렸다.

종유가 천천히 몸을 일으켰다. 두 사람의 키가 거의 비슷해서 눈이 정면으로 마주쳤다.

"뭐, 그것도 좋겠지. 그렇잖아도 언제든 한 번은 붙어봐야 하지 않을까 생각하던 참인데."

종유가 잠시 말을 끊었다가 다시 이었다.

"하지만 난 자네 말고 더 큰 대어를 노리고 있다네. 자네와 겨루는 것은 두렵지 않으나 최고의 몸 상태를 유지하려면 지금은 때가 아닌 것 같군."

문사명은 슬쩍 입 꼬리를 들었다.

"내 장담컨대 지금이 아니면 장 소협하고는 다시 겨룰 기회도 없을 것이오."

"음? 그게 무슨 말인가?"

"나를 이기면 오늘내로 장 소협과 겨룰 기회가 생길 거라는 뜻이오."

한 청년이 고개를 갸웃거렸다.

"그건 소림에서 결정할 문제가 아니오?"

문사명은 대답하지 않았다. 그저 가만히 한쪽 입끝을 올려 서늘한 미소를 담기만 했다.

종유의 눈이 찡그려졌다.

문사명이 허튼 소리를 하는 것 같지는 않다. 하지만 검성의 애제자인 문사명을 상대하고 나서 다시 장건과 맞붙을 여력이 될까?

"흐음."

종유가 잠시 고민하자 청년들이 아우성을 쳤다.

"종 대협! 없애 버려요!"

"허튼소리를 하는 놈을 가만 내버려 둘 겁니까?"

"저자가 거짓말을 하는 거면 추후 화산에 가서 따지면 되잖습니까!"

문사명이 다시 한마디를 던졌다.

"받아들이지 않아도 괜찮소. 난 그저 기회를 주고 싶었을 뿐이오. 나중에라도 억울해하지나 마시오."

청년들이 야유를 보냈다.

그러나 종유는 심각하게 고민했다.

'나를 이기고 나서 장건과 상대할 셈인가? 그만한 자신이 있다는 건가?'

어떻게 보면 문사명은 자신을 얕보고 있다 해도 과언이 아니었다. 종유가 장건의 일초를 받아내지 못한 것을 아는 문사명이다. 종유와 직접 겨루어 봄으로써 장건과의 실력 차이를 간접적으로 가늠하고 싶은 것이다.

물론 사부 윤언강의 말에 따르면 장건은 내공을 거의 쓸 수 없는 상태라고 했다. 하지만 확실하게 이기기 위해서는 종유와 먼저 싸우는 것이 옳다.

마침내 결심을 한 종유가 얼굴을 굳히고 말했다.

"약속을 지키게."

"약속은 하겠지만, 종 대협이 장 소협과 상대할 일은 없을 것이오."

"말이 많군. 어디서 할 텐가?"

"산문 밖 공터에서 이 각 뒤."

"그러지."

문사명은 대답을 들은 뒤 곧바로 몸을 돌려 가 버렸다.
청년들이 종유를 둘러싸고 마구 외쳐댔다.
"저런 건방진 놈을 가만 둬서는 안 됩니다!"
"검성을 믿고 오만방자하게 굴다니."
백리연은 무슨 일이 벌어지고 있는지 알 수가 없었다.
'소림에서 발표가 나지도 않았는데 장 소협과 싸울 수 있다고 장담하다니. 종 대협과 싸우기 위해서 거짓말을 한 걸까? 아니면……'
그때 종유가 백리연을 바라보며 물었다.
"소저. 괜찮겠습니까?"
"네?"
"장담할 수는 없으나, 운이 좋다면 오늘 장건과 겨룰 수 있을지 모릅니다. 만일 제가 검성의 제자와 장건을 연이어 이긴다면……"
백리연은 눈을 동그랗게 뜨고 담담히 종유를 보았다. 종유는 부끄러운 듯 얼굴이 붉어졌지만 힘 있게 말했다.
"이제 그만 소림을 떠나시는 겁니다."
백리연의 마음이 조금은 어두워졌다.
본래부터 그러려고 했던 일이다. 장건이 그만한 인재가 되지 못한다면 당연히 버리려고 했다.
하지만 지금은……
떠나고 싶지가 않았다.

백리연이 대답을 망설이자 청년들의 얼굴에 실망감이 스쳐 가고 일부가 한숨을 내쉬기까지 한다.

백리연은 살짝 고개를 털어 상념에서 벗어났다.

'이들은 나와 몇 년이나 함께 있어준 사람들이야. 이제와 갑자기 배신을 할 순 없어. 게다가…… 법당에서 있었던 일을 말 할 수도 없고…….'

어차피 장건과도 약속을 했다.

모든 승부에서 이기면 사과를 받아주기로.

만일 장건이 종유에게 진다면…….

'어쩌지?'

백리연은 갈등했다.

"소저?"

"대답을 해 주시지요."

청년들이 대답을 종용했다.

백리연이 할 수 없이 고개를 끄덕였다.

"알겠어요."

그제야 청년들이 환호했다.

"좋았어! 이제 소림을 떠날 수 있겠구나!"

"종 대협! 힘내십시오!"

"저희가 응원하겠습니다!"

종유가 백리연을 향해 포권을 해 보였다.

"이 종유! 최선을 다하겠습니다."

"예……."
 대답은 했지만 백리연은 아직도 갈등하고 있었다. 더구나 아무래도 무언가 자신이 알지 못하는 일이 벌어지고 있는 것 같아 기분이 편치 않았다.
 '대체 무슨 일이 벌어지고 있는 거야?'
 백리연은 안절부절 못하는 자신의 마음을 스스로도 믿을 수가 없었다.

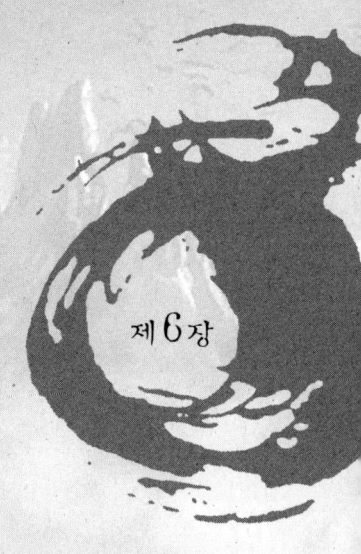

제6장

회자정리

 팽탁과 양소은은 실로 오랜만에 각자의 도와 창을 들고 수련을 하고 있었다.
 부우웅-!
 팽탁의 벽력도는 빠르면서도 강맹했다. 도에 담긴 위력이 거세어서 어지간한 검으로 받아냈다가는 검이 동강날 것 같았다.
 양소은도 여자지만 부친인 양지득의 영향을 받아 강맹한 공격을 위주로 했다. 창으로 찌를 때는 날렵하나 후려칠 때는 벽력도만큼이나 무겁다.
 터팅!
 팽탁의 도와 양소은의 묵창이 서로 부딪쳤다. 양소은이 힘에서 조금 밀렸다. 대신 여류 무인 특유의 부드러움으로 힘을 흘려내며 도가 회수되기도 전에 재차 공격을 가했다.
"이크크!"
피-잉!
팽탁의 뺨 옆으로 양소은의 창날이 스쳐 지나갔다.
"과연 양가장이 왜 창의 명가인지 알 수 있겠소. 이 정도면 모용 형이 반할 만하오."
"이게 다 아버지 때문에…… 뭐, 뭐라구요?"
양소은은 창을 거두다가 깜짝 놀라서 창을 떨어뜨릴 뻔했다.
"이런, 모르셨소?"
"아니, 지금 도대체 무슨 말을 하는 거예요?"
"모용 형이 양 소저를 바라볼 때의 시선을 몰랐단 말이오? 허어. 나 같은 둔한 놈도 알겠던데, 막상 본인은 모르셨구려."
팽탁이 훌쩍 물러나며 도를 내렸다.
"아무튼 잠시 쉽시다. 이러다간 정작 힘을 써야 할 때 지쳐 못 싸우겠소."
"아니, 아니. 지금 얘기 좀 다시 해 봐요. 모용 소협이 뭐라고요?"
"정말 몰랐소? 허어, 이거 내가 괜한 소리를 했나?"
"괜한 소리나마나! 아는 대로 다 불어보라니까요!"
양소은은 창을 집어던질 듯 사납게 팽탁을 몰아 붙였다. 팽탁이 공터 옆에 있는 나무 그늘로 달아났다.
"난 더 모르오. 그냥 그러지 않은가 하고 추측했을 뿐이지. 어이쿠!"
창이 날아와 나무줄기에 박혔다.
"괜히 헛소문 내고 다녔다간 죽을 줄 알아요."
"내가 무슨 헛소문을…… 아, 알았소. 그만하고 좀 쉬자니까!"
양소은은 꽤 충격을 받았는지 씩씩거리며 흥분을 가라앉히지 못했다.
그런데 그때 한 무리의 사람들이 소림의 산문을 통과해 나오고 있었다.
"응? 뭐지?"
팽탁이 애써 관심을 돌리려다가 앞선 두 명의 얼굴을 보고는 적이 놀랐다.
"어허? 저기 검성의 제자와 철비각 종 대협이 아니오? 아직 비무 시간도 안 됐는데 왜 벌써 오지? 문 소협이야 그렇다치고 종 대협은 왜……."
양소은도 그들을 보고는 의아해 했다.
"그러네요. 그 뒤에는 백리…… 아니, 저 예쁜 건 또 왜 오는 거야?"
둘의 뒤에는 백리연과 스무 명 남짓한 청년들까지 뒤따르고 있었다.

회자정리 189

그들은 계단을 내려와 일주문을 거친 후, 팽탁과 양소은이 있는 길 옆 공터에까지 왔다.
 문사명이 그늘에서 어리둥절해 하고 있는 팽탁과 양소은을 보고 정중히 포권했다.
 "사용하시는 중이 아닌 듯하니 잠시 자리를 빌렸으면 합니다만."
 "아니 뭐…… 그러십시오."
 팽탁은 영문을 몰라 고개를 갸웃거렸다.

 문사명과 종유가 공터의 가운데에 자리하자 나머지 사람들이 멀찍이 떨어져 섰다.
 양소은이 청년들에게 둘러싸인 백리연에게로 다가갔다. 청년들이 경계의 눈초리로 양소은을 막자 양소은은 자리에 서서 백리연을 불렀다.
 "이봐."
 백리연이 양소은을 보고는 고운 이마를 살짝 찌푸렸다.
 "왜 그러시죠?"
 "저 두 사람, 무슨 일이야?"
 "그러는 댁은 왜 여기 계신데요?"
 "나야 그냥 몸 좀 풀러 나왔지."
 백리연이 고개를 돌려버리자 양소은이 다시 불렀다.
 "자기만 물어보고 모른 척하는 게 어디 있어? 저게 무슨 일이냐니깐?"

"우리가 그 정도로 친한 사이였던가요?"

"응. 말도 놓고 그런 사이 아니었나? 난 그렇게 기억하는데."

청년들이 백리연의 불편한 심기를 보고 대신 말했다.

"이보시오. 백리 소저가 모른다지 않소. 더 귀찮게 하지 말고 저리 가시오."

양소은이 발을 동동 굴렀다.

"모르긴? 정말 이러기야? 우리 법당에서 같이 목……."

백리연은 화들짝 놀랐다.

"잠깐!"

"응? 이제 말을 할 마음이 생겼어?"

백리연이 눈을 지그시 감고 크게 숨을 내뱉었다.

"몰라."

"뭘 모른다는 거야. 싸우는 걸 모른다는 거야, 아니면 우리 사이를 말하는 거야?"

백리연이 청년들에게 웃음으로 양해를 구했다.

"잠시 자리를 비켜주시겠어요?"

"아? 예, 당연히 그래야죠."

청년들이 적잖이 떨어지자 백리연이 양소은에게 손짓했다. 양소은은 아예 백리연의 곁으로 가 털썩 앉았다. 땀을 한창 흘리고 있어서 백리연은 손바닥으로 코를 살짝 막아야 했다.

백리연이 투명하고 맑은 눈동자를 최대한 크게 부릅뜨고 작은 목소리로 따졌다.

"왜 이러는 거야?"

"그냥 궁금해서 그러지."

"나도 이유는 잘 몰라. 장 소협하고 대결하려고 먼저 싸운다는 것 같아."

"호오!"

양소은은 단호한 표정으로 서 있는 문사명을 보고 감탄성을 냈다.

'무슨 일이 벌어질 건지 벌써 알고 있었다는 거잖아? 대단한걸. 그런데도 남궁지의 청을 받아들였어.'

마치 이용당해도 상관없다는 듯, 문사명은 알고서도 참관인이 되기로 한 것이다.

양소은의 표정을 본 백리연이 의구심을 가졌다.

"너도 뭘 아는 거지?"

"으, 응?"

"대답해봐. 어떻게 문 대협이 장 소협과 싸우게 된다는 거지?"

양소은이 멋쩍게 머리를 긁었다.

"아아, 곤란한데. 난 거짓말을 잘 못하는 체질이라."

"그러니까 거짓말하지 말고 말해봐."

"까짓 거, 같이 알몸까지 본 사이니 말해주지. 어차피 이제

와 더 숨길 것도 없고."

 백리연이 놀란 가슴을 부여잡고는 주위를 둘러보았다. 다행히도 둘의 말을 들은 이는 없는 듯했다.

 "그러니까 사실은……."

 문사명과 종유는 대여섯 걸음을 두고 떨어져 섰다.

 문사명이 검집에서 검을 꺼내 들었다. 검신을 맨손으로 천천히 쓰다듬어 보았다. 오랜만에 잡는 검이어서 그런지 검의 차가운 느낌이 기분 좋게 느껴졌다.

 종유가 물었다.

 "그 검이 매란화미검인가?"

 "그렇소."

 "영광이로군. 화산의 3대 보검을 상대로 하게 될 줄이야."

 모용전이 검극을 아래로 향한 채 대답했다.

 "종 대협의 상대는 나지, 이 검이 아니오."

 "그렇다고 검의 덕을 보지 않는 건 아니지."

 "검은 그저 연장일뿐. 그 이상도, 그 이하도 아니오. 지금은 친구라고 해도 좋겠소만."

 종유의 눈빛에 서늘한 기색이 스쳐갔다.

 '위험하군…….'

 스승에게서 들었던 얘기를 앵무새처럼 되풀이하는 것이 아니다. 문사명의 표정은 이미 그것을 깨달았다는 표정이다. 검에 의존하는 경지를 벗어나 있다는 증거다.

'하긴, 이미 검이 없어도 검결지로 검기를 냈을 정도였지. 이 싸움, 쉽지 않겠어.'

그래도 종유는 기에 눌리지 않았다. 그 역시 적잖은 경험을 쌓은 무인이었다. 대웅삼마와 철가장주를 쓰러뜨린 후 제대로 된 무인을 만난 적은 거의 없었지만, 연륜은 무시할 수 없다.

문파의 비호를 받지 못해 무시당하고 업신여겨진 적이 셀 수도 없었다. 종유는 그때마다 자신의 힘으로 역경을 극복해 왔다.

'그래도 나 종유가 곱게 자란 화초 같은 녀석에게 질 수야 있나.'

비록 장건에게 불의의 일격을 받고 쓰러지긴 했으나, 장건을 만나기 전까지 종유는 적수를 만난 적이 없었다.

하북에 있는 수천 수만의 무인들 중 열 손가락에 꼽힌다는 것은 결코 과장된 것이 아니다. 물론 중원 무림 전체에서 꼽는다면 백 위에나 겨우 들까 싶지만, 수십만 명 중 백 위라는 것도 실은 대단한 일이다.

종유가 서서히 공력을 끌어올렸다. 종유의 운기법은 독특해서, 서서히 시작하다가 순간적으로 폭발하듯 내공이 일주한다. 그때부터 상대는 숨 쉴 틈도 없는 종유의 공격을 막아야만 하는 것이다.

츠츳.

발밑의 흙이 먼지가 일듯 피어오른다.

"미리 말해두겠는데, 나는 대충이라는 게 없는 사람일세. 나중에 팔다리를 잃어 책임지라고 해도 못 하네."

문사명도 기수식을 펼치며 종유의 공력에 대응했다.

"종 대협이야말로 온 힘을 다해야 할 겁니다. 기천 년을 이어온 화산의 무게에 짓눌리지 않으려면."

종유가 발끈하며 대꾸했다.

"내가 어디서 귀동냥으로 무공을 배운 줄 아나? 문파의 정통성을 따지자면 나 역시 수천 년은 될 걸세!"

산속에서 기연을 얻어 무공을 익히긴 했지만, 안타깝게도 시조는 모른다. 사부도 없었다. 그것이 종유가 가진 최대의 약점이었다.

문사명이 싸늘하게 조소했다.

"정통성이라…… 명문 문파는 본래 위아래가 명확한 법이지요."

"그렇구려! 내가 잘못했소이다. 문·선·배! 난 명문 화산의 제자인 문 선배가 이리도 말 많은 사람인 줄 오늘 처음 알았소."

"화산을 무시한 죄. 스승님께는 용서받았는지 모르나 나는 마음이 넓지 못해서 말이오."

"정말로 밴댕이 속이군. 그 나물에 그 밥이라고."

"그 나물에 그 밥이나마 있으니 명문인 거요."

마치 철천지원수라도 만난 양, 두 사람의 조롱이 이어졌다. 모르는 사람이 보면 왜 그러나 싶을 지경이었다.

쿵!

비아냥대던 중에 종유가 먼저 발을 굴렀다.

"혀만큼이나 실력도 잘 돌아가는지 볼까!"

"기다리던 바!"

종유가 쏜살처럼 앞으로 튀어나갔다. 한 번 진각에 대여섯 걸음의 거리가 단숨에 좁혀졌다.

무기와 맨손의 대결이니 거리를 좁혀서 몰아붙이는 것이 기본 상식이다. 코가 닿을 만큼 순식간에 거리를 좁힌 종유였고, 문사명은 그에 대항해 뒤로 뛰며 검을 뻗었다.

종유가 급히 몸을 뒤틀며 발을 땅에 박아 넣었다. 달려가던 중에 힘으로 멈춘 것이다.

팟!

아슬아슬하게 검기가 종유의 코앞을 스쳐갔다. 그냥 내달렸으면 뻗어진 검에 스스로 박치기를 할 뻔했다.

그 틈에 문사명이 검초를 전개했다.

문사명의 오른손에 들린 검이 연신 흔들리며 허공에 정교한 수를 놓는다. 검면에 새겨진 매화 문양이 화사하게 빛을 발했다.

공중에 매화꽃 서너 송이가 피어났다.

흐드러지게 핀 매화의 향기가 코를 찌른다. 매란화미검의 특성이다.

종유의 눈에 경계의 빛이 스쳐갔다. 매화꽃으로 화한 검기가 바람에 휘날리듯 종유를 향해 날아들었다.

"흐-읍!"

종유가 숨을 들이키며 발을 굴렀다.

검기를 피할 생각이 아니라 정면으로 뚫을 생각이다.

종유는 공중으로 도약하며 연신 발을 걷어찼다. 몸을 비틀면서 계속해 파괴력을 더했다.

한 번 호흡에 쉬지도 않고 열 번 이상을 걷어찼다.

섬뢰분연각이라는 명칭에 걸맞게 각영(脚影)이 어지럽게 생겨났다.

매화검법의 화형(花形) 검기와 섬뢰분연각의 각영은 모두가 실초다. 상대를 현혹시키는 허초가 없이 각각이 위력을 담고 있다.

꽝!

매화꽃 하나가 종유의 발차기에 부서졌다. 이어 두 개째, 세 개째의 꽃이 터져나갔다.

엄청난 강공에 문사명이 뒤로 조금씩 밀렸다. 매화의 검기를 모두 부숴버린 종유가 땅에 착지하자마자 다시 뛰어올랐다. 그리곤 또다시 발을 걷어찬다.

꽈꽝!

엄청난 공력이 담긴 발차기를 문사명이 검을 휘둘러 막아냈다. 발이 끌리며 뒤로 자꾸만 밀려난다. 먼지가 구름처럼 뿌옇게 피어올랐다.

종유가 옆으로 손을 짚고 돌다가 거꾸로 선 채 몸을 틀었다. 비선각(飛旋脚)을 응용한 수법으로 문사명의 사각에서 옆얼굴을 향해 날아들었다.

문사명이 허리를 뒤로 눕히며 피해내자 종유가 손등으로 땅을 쳤다. 하늘에서부터 수직으로 종유의 발이 떨어진다. 문사명이 한 다리로만 몸을 지탱하며 팽이처럼 몸을 돌려 발차기를 피해냈다.

파앙!

내리찍듯이 발을 휘두른 종유가 자연스럽게 일어섰다. 일어섬과 동시에 근거리에서 손을 휘둘렀다.

매의 발톱처럼 엄지와 검지, 중지를 세웠다. 잡히면 살점이 뜯기고 뼈가 으스러질 듯하다.

문사명이 뒤로 발을 빼며 상체를 앞으로 향해 장을 뻗었다. 응조수 형태의 조법에 장법으로 대응하는 것이다.

종유의 눈이 찌푸려졌다. 그대로 부딪치면 손가락이 으스러질 판이다. 종유가 손가락을 모두 펼쳐 장으로 맞섰다.

텅!

손바닥이 맞닿으며 장력이 폭발해 종유가 휘청거렸다. 두어 걸음을 뒤로 물러나 다시 자세를 잡았다.

그에 반해 문사명은 한 걸음도 물러나지 않았다. 발밑에 흙이 끌린 자국은 있으나 자세는 조금도 흐트러지지 않았다. 종유처럼 휘청대지도 않았다.

궁보의 자세로 앞발을 내딛은 채, 상체를 약간 숙여 앞으로 장을 뻗고 검극을 하늘로 하여 등 뒤에 대었다. 앞으로 완전히 힘이 쏠려 지독히도 단단해 보인다.

종유는 심호흡을 하며 들끓는 내기를 가다듬었다.

'내 내공이 약간이나마 우위에 있지 않았다면 크게 내상을 입었겠다. 역시 만만히 볼 수가 없구나.'

종유의 공격이 다분히 유동적이고 임기응변에 가깝다면 문사명은 고지식하다. 동작 하나하나에 초식이 아닌 것이 없다. 틀로 찍어서 연습한 듯한 자세로 종유의 공격을 방어하고 공격한다.

상상도 못할 반복 수련에 의해 몸에 익은 자세다.

그러나 종유는 그것이 결코 우습지 않다.

문사명이 사용하는 초식은 수백 년 이상 전해진 화산의 무공이다. 달리 말하면, 틀린 점은 바로잡고 아쉬운 부분은 보완하여 수백 년 동안 이어진 무공이라는 뜻이다.

하나의 동작에도 가벼이 여길 수 없는 무게가 있다.

혼자서 비급을 보고 무공을 익힌 종유는 가질 수 없는 무엇이 문사명의 초식에 있었다.

종유는 이를 빠득 갈았다.

언뜻 자신이 계속해서 공격을 하고 문사명이 밀리는 듯하나, 방금 한 수로 공격의 맥이 끊겼다.

문사명이 검을 앞으로 하며 몸을 세웠다.

문사명의 표정도 그리 좋은 편은 아니었다.

'이런 공격을…… 그리도 가볍게 격파했던가?'

장건은 종유를 상대로 길게 끌지 않았다. 종유는 두 번 제대로 공격을 했고 세 번째 공격을 하다가 나가떨어졌다.

특히나 문사명은 첫 검격으로 종유에게 아무런 상처도 입히지 못했다. 종유의 대처가 너무도 원활했다. 어지간한 공격이라면 절대 한 번에 맞고 쓰러질 이가 아니다.

'어떻게 이 사람을 일권으로 쓰러뜨렸지?'

전에 장건에게 검을 뻗었을 때, 장건은 당황하는 기색이 역력했다. 이런 종유를 쓰러뜨렸으면서 왜 자신의 검엔 당황했을까?

'이해할 수가 없군.'

문사명은 나직이 한숨을 내쉬었다.

문사명과 종유의 비무를 지켜보던 청년들이 자기도 모르게 감탄을 내뱉었다.

"엄청나다……."

"잠깐 사이에 뭐가 뻥뻥 터지고 난리가 났는데, 둘 다 멀쩡하잖아?"

눈 깜짝할 사이에 몇 합을 주고받았다. 주변에는 온통 흙먼지가 뿌옇게 피어나 있었다.

"종 대협의 폭발력을 견뎌 내다니, 검성의 제자도 제법 하는걸."

"자신 있다던 게 허언은 아닌 모양이네."

종유는 공격으로 부족한 방어를 메우는 형국의 싸움을 한다. 공격력이 극대화되어 있어서 치고 피하며 싸우는 게 아니라 일단 계속 때린다.

그 틈을 뚫고 맥을 끊은 문사명의 한 수는 누가 봐도 고개를 끄덕이게 만드는 것이었다. 그것도 정면으로 맞서서 말이다.

"모름지기 비무란 저 정도는 되어야지."

누군가의 혼잣말에 다른 이들이 부르르 몸을 떨었다.

아닌 게 아니라, 소림 정문에서 있었던 대사건이 떠오른 탓이었다.

한 방에 한 명.

뭘 어떻게 하는지도 모르게 날려 버리는 장건의 무공은 지극히 이질적이었다. 비록 직접 당한 처지이긴 하나 장건의 무공은 보는 맛도 없고 재미도 없었다.

팽탁과 양소은도 문사명과 종유의 대결을 보면서 절로 문사명과 장건을 비교하게 되었다.

'보기만 해도 대단한데…… 저런 종 대협을 한 방에 날려버린 놈은 뭐야? 인간이야?'

'문 소협의 실력이 뛰어나긴 하지만 아무래도 장건에게는

못 미치겠는걸.'

'아무리 검성의 제자라 하더라도 철비각의 명성이 있지……
쉽게 이기긴 힘들겠어.'

대부분의 이들이 비슷한 생각을 하고 있었다.

그리고 그런 생각처럼 문사명과 종유는 연신 일진일퇴의 공방으로 팽팽한 접전을 이루는 중이었다.

종유의 강맹한 발차기가 날아들면 문사명은 보법을 밟아 피하며 검을 찔러 넣는다. 종유는 몸이 반응하는 대로 문사명의 검을 피하고, 그러면서도 다시 반격을 가한다.

문사명의 검초는 날카롭지만 살을 내주고 뼈를 취하겠다는 식의 공격에는 쉽사리 대응하기가 어렵다. 문사명이 어쩔 수 없이 검을 거두면 다시 종유의 공격이 쉴 새 없이 이어지는 것이다.

그렇다고 종유의 공격이 문사명에게 먹히느냐 하면 그건 또 아니었다.

수백 년 이상의 세월동안 이어온 화산 무공은 어떠한 상황에서도 가장 적절한 대처를 보일 수 있었다. 문사명은 종유의 현란하고 무지막지한 공격을 흘려내고 비껴내며 빈틈을 정확히 짚어냈다.

때문에 종유는 자신의 특기인 연환 공격을 끝까지 잇지 못하고 중간에 멈추어야만 했다.

퍼펑!

거의 삼십여 초를 겨룬 연후에 문사명과 종유가 서로 물러섰다.

이대로라면 얼마를 더 싸우든 쉽게 승패를 정할 수 없게 될 터였다. 보는 사람이야 즐거울지 모르지만 둘에게는 낭패스러운 일이었다.

'철비각이 왜 하북의 강자라 불리는지 이제 알겠구나.'

'그 스승의 그 제자라더니…… 이런 젊은 녀석의 실력이 나와 백중지세일 줄이야.'

승부를 최대한 빨리 끝내고 장건이라는 목적을 향해 달려가야 하는 두 사람이었다. 그러나 뜻밖에도 쉽게 실력의 우위가 판가름 나지 않으니 곤란하다.

그그그그.

문사명이 다시 한 번 공력을 끌어 올렸다.

"이대로 가다간 날 새겠소. 승부를 냅시다!"

"좋지."

지켜보는 이들이 하나같이 마른침을 꿀꺽 삼켰다.

이번에야말로 정말 엄청난 광경을 볼 수 있게 될지도 몰랐다.

쾅!

문사명과 종유가 거의 동시에 땅을 박차고 서로에게 쇄도했다.

촤라라락.

문사명의 머리 위에서부터 어깨를 타고 사선 방향으로 매란화미검이 그어졌다. 종유가 뒤로 한 걸음 물러난다 싶더니 한

손으로 땅을 짚으며 훌쩍 뛰어올라 위에서부터 아래로 발을 찼다.

피하는 동작이 공격이 되는 절묘한 수법이다.

문사명은 팽이처럼 몸을 낮추고 이리저리 돌았다.

쿵쿵쿵.

벼락이 떨어지듯 공력이 깃든 종유의 발차기가 땅을 두드렸다. 문사명이 옆으로 몸을 옮기며 매화검의 절초를 연신 펼쳐냈다.

심후한 공력이 깃든 종유의 발차기를 정면으로 마주할 수 없는 것처럼, 종유도 보검을 맨손으로는 방어해낼 수 없다. 종유는 보법을 밟으며 뒤로 물러났다.

촤라락.

장건을 상대했을 때처럼 문사명의 검이 종유를 놓치지 않고 따라간다. 물러나는 속도가 나아가는 속도보다 느린 건 당연하다.

해서 종유는 왼쪽으로 크게 돌면서 뒷걸음질을 쳤다. 오른손잡이인 문사명이니 사각으로 돌면 아무래도 불편하기 마련이다.

한데도 검은 쉬이 떨어지지 않는다. 종유와 호흡을 맞추기라도 한 것처럼 그의 걸음을 따라 날아들고 있었다. 종유의 독문 보법을 알고 있는 것도 아닌데 미리 다음 걸음을 예측이라도 한 듯 따라온다.

두 사람이 큰 원을 그리며 쫓고 쫓기는 듯한 상황이었다. 종유는 수세에 몰린 입장이면서도 문사명의 공격 호흡을 세고 있었다.

'하나, 둘……'

호흡이 긴 고수는 한 호흡에 수십 번의 공격을 할 수 있다. 하지만 인간이라면 언젠가는 숨을 쉬어야 하고, 그 순간 호흡이 끊기기 마련. 문사명이 검을 계속 내지르면서 아주 찰나의 순간 숨을 들이켰다.

종유가 돌연 방향을 틀었다. 그러면서 번개처럼 몸을 숙였다가 뛰어 올랐다.

문사명이 아차 하는 순간 시야에서 종유가 사라졌다. 위에서부터 묵직한 파공음이 들려온다 싶자, 문사명은 하늘로 검을 향하며 옆으로 몸을 날렸다.

꽝!

문사명이 서 있던 자리에 한 뼘이나 땅이 패었다.

선기를 잡은 종유가 멈추지 않고 문사명의 검면을 걷어찼다. 보검이니 쉽게 부러지지는 않겠지만 여차하면 문사명은 검을 놓칠 수도 있었다.

문사명은 다급히 숨을 멈추며 검을 회수했다. 종유가 때를 놓치지 않고 문사명의 팔꿈치와 어깨, 그리고 허리를 연속으로 걷어찼다.

파팡!

공기 터지는 소리가 나며 아슬아슬하게 문사명이 종유의 발차기를 피해냈다. 종유의 발이 스쳐간 부분의 옷이 순식간에 너덜거렸다. 맞은 것도 아니고 스쳐갔을 뿐인데, 팔이 저릿해져서 마비가 된 듯하다.

검수(劍手)를 상대로 맨몸으로도 상대의 약점을 간파하는 종유의 능력은 가히 일절이다.

종유가 연신 문사명을 몰아쳤다.

"한악격렬(狠惡激烈)!"

퇴법요결 중에서도 상승의 연격(連擊)이다.

문사명은 당황한 듯 갈 지(之)자를 그리며 이리저리 보법을 밟았다.

쾅쾅! 쿵쿵쿵!

연속 공격을 하고 있을 때 종유의 진각은 초상비처럼 가벼우나 그의 공격은 소림의 진각처럼 묵직했다.

문사명은 틈을 노리려 했으나 종유는 반격의 여지를 주지 않고 계속해서 발차기를 날렸다. 끊임없는 유(溜)결을 이용하여 호흡조차 멈춘 듯하다.

무려 이십여 초를 계속해서 두들기는 동안 종유의 공세는 한 점 흐트러짐이 없었다. 문사명이 피하는 동작이 조금씩 둔해지고 있었다.

쉼 없는 공격을 피해내다 보니 호흡을 제대로 가다듬을 수가 없어 숨이 가빠졌다.

퍼퍽!

검을 든 오른쪽 어깨와 팔뚝에 몇 번이나 공격이 가해졌다.

문사명의 이마에 식은땀이 흘렀다. 강렬한 충격에 팔이 움직이지 않는 것이다.

종유의 입가에 미소가 번졌다.

'길어야 삼 초를 못 넘기겠군!'

호흡이 달려 크게 헐떡이는 순간 문사명은 치명적인 공격을 받게 될 것이다.

종유의 예상대로 문사명은 더 이상 보법을 밟으며 피하지 못하고 멈춰 섰다. 크게 숨을 몰아쉬며 할 수 없이 손바닥으로 종유의 공격을 막으려 했다.

'지금이다!'

종유는 공격의 흐름을 잠시 끊었다. 크게 공력을 끌어올리며 공중으로 뛰어 올랐다. 문사명이 계속 비슷한 수준의 공격이 올 거라 예상했다면 이번 공격을 막을 수 없을 것이다.

팽팽히 활시위를 당기는 것처럼 종유의 무릎이 뒤로 굽혀지고 몸이 궁(弓)의 형태가 되더니, 한순간 종유의 발이 싸늘한 도(刀)처럼 반원을 그리며 떨어졌다.

섬뢰절지각(閃雷切肢脚)!

발이 아니라 예리한 도가 그어지는 듯했다. 이미 움직이지 않는 팔로는 섬뢰절지각을 막을 수 없다.

이 일격은 장건과의 비무를 위해 준비했던 비장의 한 수다.

예리한 참격(斬擊)이 공기의 칼날을 만들어 낸다. 마치 검기처럼 실제의 발 길이보다 더 길게 그어지기 때문에 뒤로도 피할 수 없고, 비틀린 사선의 궤적을 가져 옆으로도 피할 수 없다.

평범한 발차기로 생각하고 막으면 칼로 베인 것처럼 몸이 두 동강이 난다.

지금처럼 호흡이 달린 상황에서는 거의 죽음의 선고나 다름없는 최후의 절기다.

핑!

하늘과 땅을 잇는 경계가 둘로 쪼개지는 날카로운 파공음이 울렸다.

'끝······.'

이라고 생각했던 종유의 눈이 부릅떠졌다.

'이런!'

공중으로 떠오른 상태에서 보이는 지면의 모습이 어딘가 미묘하다. 그가 문사명을 몰아붙이며 발로 차 깨뜨린 지면과 발자국들이 기이한 도형을 그리고 있다.

'구궁단보(九宮段步)! 당했다!'

운공은 반드시 앉아서 하는 자세만 있는 것이 아니다. 입식이라던가 움직이며 행하는 동공의 형태도 있다.

화산의 무공 중에는 특정한 형(形)을 그리면서 움직이는 보법이 있다. 그 중에서도 구궁단보는 동공의 일종으로, 급박한 상황에서도 펼칠 수 있다는 장점이 있다. 싸우면서도 힘을 오히려 비축한다.
 그러나 그 특정한 진형을 그리며 상대를 끌어들이는 것, 그러면서도 수비를 하는 것이 쉬울 리 없다. 문사명의 무공에 대한 깊이가 얕지 않기에 가능한 일이다.
 문사명의 힘들었던 표정에 갑자기 생기가 돋고 있었다.
 지쳤을 거라 생각했던 문사명은 힘을 비축하고 있는 거나 다름이 없었다. 이를테면 종유는 그물에 스스로 몸을 던진 꼴이 되고 만 것이었다.
 딱히 방심한 것도 아닌데 공격을 하다가 오히려 말려버린 느낌이다. 화산의 무공은 공격에서도 수비에서도 모두 균형을 이루고 있다.
 '크윽!'
 하지만 이미 돌릴 길이 없었다.
 문사명의 손에서 묘기를 부리듯 검이 이동했다. 오른쪽에서 왼손으로 검이 이동함과 동시에 오른손으로는 장력을 뿌렸다.
 펑!
 종유의 섬뢰절지각과 문사명의 낙영장(落英掌)이 맞부딪쳤다. 미리 힘을 비축하고 있던 문사명은 낙영장을 사용하며 같은 힘으로 매화검법까지 펼쳐냈다.
 백여일홍(百如一紅)!
 붉은 빛을 뿌리며 공간을 가로지르는 문사명의 검이 종유의 가슴으로 파고들었다.

이미 전력으로 섬뢰절지각을 펼치던 종유는 도저히 피할 여력이 없었다. 그저 급한 대로 몸을 비틀어 겨우 급소만 비껴내는 정도였다. 사실은 그것마저도 대단한 일이었으나, 이미 승부는 난 것이나 다름이 없었다.

쿠당탕!

종유가 뒤로 나뒹굴었다.

"큭!"

벌떡 일어선 종유가 어깨를 붙들고 비틀거렸다. 손가락 사이에서 진득한 피가 배어 흐른다.

이미 매화검의 검기가 파고들어 혈도 일부가 파열되고 망가졌다.

검기에 감싸인 보검으로 어깨를 찍혔으니, 내상을 입는 것도 모자라 보통의 상처보다 더디게 회복될 것이다.

족히 한 달은 치료에 전념해야 할 판이다.

'끝났군.'

이제 장건과 싸우는 일은 글렀다.

"이럴 수가!"

둘의 비무를 지켜보던 이들은 경악했다.

하북의 강자 철비각 종유가 자신보다 한참이나 어린 문사명에게 패배하였다!

절대적인 승패란 있을 수 없다지만 문사명은 분명 실력으로 종유를 누른 것이다.
누가 뭐라 반론을 제기할 수도 없는 명확한 승부였다.

* * *

"후."
종유의 표정이 참담해졌다.
종유는 허탈한 표정으로 백리연을 바라보았다. 백리연은 왠지 모르게 조급한 표정이지만 그것이 결코 자기의 패배 때문은 아니란 걸 종유는 알고 있었다.
문사명이 천천히 걸어가 종유의 앞에 섰다.
"당신이 졌소."
"그렇군. 내가 졌어."
종유는 화가 난 표정은 아니었다. 그러나 눈가에서는 안타까움이 잔뜩 묻어나오고 있었다.
"화산의 절초를 견식할 수 있었으니 후회는 없네. 소저를 말릴 수 없게 되는 것이 안타까울 뿐."
문사명이 왼손으로 옮긴 검을 거두었다. 검을 검집에 넣고 왼손으로 탈골된 오른쪽 어깨를 잡아 흔들었다.
우득.
문사명은 얼굴도 찡그리지 않고 뼈를 맞추었다. 운이 좋아 탈골되면서 힘이 분산된 것이지 아니었으면 어깨뼈가 박살날 수도 있었다.
 '난…… 아직 멀었는가…….'
 완벽히 상대를 끌어들였고 확실히 빈틈을 보고 제대로 절기를 시전했는데 큰 부상을 입을 뻔했다.
 장건이 이런 종유를 어떻게 그리도 쉽게 쓰러뜨릴 수 있었는지 자꾸만 의아해지는 것이다.
 때문에 문사명은 이기긴 했어도 좋은 표정이 아니었다.
 종유가 점혈을 해 피를 멈추게 하고는 문사명을 바라보았다.
 "자네 실력은 잘 보았네. 과연 큰소리를 칠 만하군."
 문사명은 입을 꾹 다물고 아무 말도 하지 않았다.
 종유가 다시 물었다.
 "한 가지만 묻지."
 "말하시오."
 "검성을 스승으로 둔 자네가 왜 나 같은 사람을 그렇게 신경 쓰는지 모르겠네."
 문사명이 잠시 머뭇거리다가 대답했다.
 "나는 스승이 없으면 아무것도 아니라는 말이 너무 듣기 싫었소."
 "내가 그런 말을 했던가?"
 문사명이 고개를 끄덕이자 종유가 그제야 알겠다는 듯 얕은 한숨을 내쉬었다.

"그랬군. 대단한 사부를 둔 것도 꽤나 골치 아픈 일이야. 언제까지고 사부의 그림자를 지고 살아야 하니."

문사명은 언제까지고 검성 윤언강과 비교될 것이다. 그가 우내십존인 사부를 뛰어넘지 못하는 이상은 늘 그렇게 살아야만 한다. 죽는 날까지 검성의 제자 문사명이란 꼬리표를 달고 살아야 할지도 모른다.

그러나 종유는 사부도 없이 스스로 독학하여 이 자리에까지 올랐다. 화산의 누구누구, 검성의 제자 누구누구가 아니라 철비각 종유라는 이름을 강호에 알렸다.

그런 와중에 종유에게 사부가 어쩌고 하는 소리를 들으니 그것이 가슴에 맺혔다. 그래서 그를 자신의 실력으로 쓰러뜨리고 싶었다.

이 같은 사정을 눈치챈 종유가 씁쓸하게 웃었다.

"나는 자네가 부럽네."

"……"

"젊은 날, 운 좋게 한 가지 퇴법을 얻어 고수라는 소리를 듣게 되기까지…… 나는 수도 없이 혼자서만 싸워야 했네. 잘못된 길을 가도 바로잡아 줄 사부도…… 문파도 없었지. 주화입마의 고비를 수도 없이 넘기고, 시행착오를 거치며 혼자 모든 걸 해결해야 했었네. 늘 생각했지. 내게 사부가 있었다면…… 그랬다면 지금보다는 좀 더 나아지지 않았을까…… 하고."

묵묵히 종유의 말을 듣고 있던 문사명이 입을 열었다.

"나도 하나 묻겠소."
"말해보게."
"당신이 생각하기에, 당신은 장 소협보다 강하오?"
"모르겠네."
"그런데 왜 다시 싸우겠다고 한 거요?"
"잃고 싶지 않은 것이 있었으니까. 그리고 그럴만한 자신도 있었고."

종유가 쓴 미소를 지으며 고개를 내저었다.

"하지만 숨겨 두었던 그 비장의 한 수가 자네에게 통하지 않은 걸 보니 그 애에게도 통하지 않았을 것 같네."

문사명은 가슴이 답답해졌다.

종유는 자신의 한 수가 문사명에게 통하지 않았다 하지만, 그게 문사명이 장건보다 강하다는 뜻은 아니다.

문사명이 직접 종유를 상대해보니 그는 정말로 강했다. 결코 한 수에 패할 무인이 아니었다.

"한 수 잘 배웠네."

내상 때문에 얼굴색이 약간 파리해진 종유가 정중히 포권을 했다. 문사명 역시 그에 포권으로 답했다.

종유는 곧 백리연의 앞으로 다가갔다.

"소저. 제가 약속을 못 지키게 되었군요."

백리연은 복잡한 감정이 담긴 얼굴로 종유를 쳐다보았다.

종유가 애써 웃음을 지어 보였다.

"행복하시길……."

종유는 힘차게 포권하며 마지막 인사를 하고는 남자답게 바로 몸을 돌려 버렸다.

백리연은 허전한 마음이 들어 그의 뒷모습을 계속해서 보고 있었다. 비록 그에게 큰마음은 없었지만 오랫동안 자신의 곁을 지켜준 사람이었다.

미련 없이 그대로 떠나버리는 그에게 미안하기도 하고 한편으로는 안쓰럽기도 했다.

그러나 그를 잡을 수는 없었다. 자신의 마음에 충실하기 위해서는 그를 잡아서도 안 되었다.

백리연의 곁에 있던 청년들이 외쳤다.

"종 대협! 정말 떠나시는 겁니까!"

"아, 종 대협이……."

"소저! 이대로 종 대협을 보내서는 안 됩니다!"

백리연의 귀에는 그런 청년들의 말이 하나도 들어오지 않았다.

왠인지 점점 멀어지는 종유의 뒷모습에 자꾸만 장건이 겹쳐 보일 뿐이었다.

제 7 장

정면 돌파

 장건은 주린 배를 움켜쥐고 굉목에게 들키지 않도록 어람봉의 암자를 몰래 지나 독초가 잔뜩 자란 산중의 밭에 도착했다.
 여전히 삼지구엽초와 독초들이 무성하게 자라 있었다. 강한 효능을 지니고 있어 그런지 공기부터 다른 느낌이다.
 "아아! 냄새만 맡아도 배에서 꼬르륵 소리가 나네. 벌써부터 침이 고이는 것 같아."
 장건이 굶주린 맹수의 눈으로 '뭣부터 먹어볼까' 하고 주위를 둘러보는데, 뜻밖의 사람이 눈에 띄었다.
 "어?"
 독초 밭 한가운데에서 홍오가 멍하니 주저앉아 있었다.

"홍오 대사님?"

장건이 다가가 불러도 홍오는 들은 척도 하지 않았다. 망태기가 옆에 있는 것으로 보아 풀을 캐러 나온 것 같은데 아무것도 안 하고 그냥 가만히 앉아 있기만 했다.

장건이 다시 물었다.

"홍오 대사님, 여기서 뭐 하세요?"

"……응?"

그제야 홍오가 고개를 돌린다. 하지만 눈이 흐리멍텅한 것이 어딘가 정신을 놓은 듯 보였다.

"뭐라 그랬냐?"

"뭐 하시냐고 그랬는데요."

"아, 그래? 내가 뭘 하고 있었더라?"

홍오는 눈을 꿈벅거리면서 자신의 모습과 주위를 둘러보다가 돌연 장건에게 되물었다.

"그러는 너는 여기서 뭘 하고 있니?"

"저는……."

꼬르르륵!

장건이 배를 부여잡고 어색하게 웃었다.

"배고파서 왔어요."

"배가 고픈데 여길 왜 와? 가만있자, 내가 뭐 먹을 걸 준다고 했느냐?"

"아뇨. 그냥 풀이라도 뜯어 먹으려고요."

"저런…… 배가 많이 고픈 모양이구나. 원래 한창 때는 먹어도 부족한 법이지."

장건은 배가 고파서 참을 수가 없었다.

꼬르륵 꼬르륵.

"으윽! 대사님, 죄송한데요. 얘긴 좀 있다 하면 안 될까요?"

"뭐, 그러려무나."

홍오는 마치 남 얘기 하는 것처럼 무심하게 대답했다.

장건은 기다렸다는 듯 재빨리 크고 튼실한 풀을 잡고 뜯었다. 삼지구엽초가 잔뜩 자라 있는 한가운데에서 걸신 들린 양 마구 뜯어 입으로 집어넣었다.

"우적우적."

홍오가 볼을 퉁퉁하게 부풀리고 삼지구엽초를 씹는 장건에게 물었다.

"희한하게 먹는구나. 무슨 소도 아니고…… 맛있냐?"

"네. 냠냠냠."

홍오는 여전히 남 일 보듯 장건을 보고 있었다.

장건은 거의 한 움큼을 뜯어 먹고는 재빨리 자리를 옮겼다. 양기가 지독한 삼지구엽초만 먹으면 몸이 뜨거워져 고생을 하게 된다. 늦기 전에 음기가 서린 독초를 먹어줘야 했다. 그렇게 음양의 조화를 맞추어야 탈이 나지 않는다.

장건은 독초를 뿌리까지 뽑았다. 나무 열매처럼 동글동글한 뿌리가 탐스럽게 생겼다. 그러나 실제로는 그 부분이 가장 독성이 심한 부분이었다.

 장건은 잎부터 씹으면서 뿌리의 흙을 털었다. 그리곤 한입에 뿌리를 삼켜버렸다.

 독초 특유의 맹맹한 맛과 혀가 마비되는 듯 저릿한 느낌이 장건에게는 익숙한 것이다.

 "하아…… 이 맛이야."

 장건은 맛을 음미하고 싶었지만, 주린 배는 자꾸만 더 넣어 달라고 아우성치고 있었다. 장건은 뿌리 몇 개를 더 뽑아 흙을 털었다.

 홍오가 다시 물었다.

 "그건 날로 먹으면 안 되는 것 같은데…… 희한하게 잘 먹는구나."

 "질겅질겅. 그럼 어떻게 먹는 건데요?"

 "모르겠다. 그냥 먹으면 안 되는 것 같다는 생각이 들어서 그러지."

 "굉목 노사님께서 독초니까 함부로 먹지 말라고 하셨어요. 그런데 배가 너무 고파서 참을 수가 있어야죠. 헤헤…… 나중에 이르시면 안 돼요? 우적우적."

 "굉목이 누군데?"

 "냠냠…… 꿀꺽! ……네?"

 장건은 어안이 벙벙한 얼굴로 홍오를 쳐다보았다. 홍오가 장난치는지 궁금해서다. 하지만 홍오는 멀뚱멀뚱한 표정으로 정말 모르겠다는 얼굴을 하고 있었다.
"굉목 노사님을 모르세요?"
"모르겠는 걸?"
"그럼 전 누군지 아세요?"
"얼굴은 익숙한데…… 네가 누구냐?"
"어어어?"
장건은 당황했지만 홍오는 별일 아니라는 것처럼 입맛을 다셨다.
"네가 맛있게 먹는 걸 보니 나도 침이 고이는구나. 어디 한 뿌리만 줘 보련?"
"드셔도 괜찮겠어요?"
"너도 먹고 있지 않으냐."
홍오는 주름살 가득한 손으로 장건이 건넨 독초의 뿌리를 받았다. 그리고는 흙을 제대로 털지도 않고 한 입에 냉큼 넣어 버렸다.
우적우적.
홍오가 몇 번 씹더니 고개를 갸웃거렸다.
"입안이 얼얼하고 매콤한 맛이 나는구나."
"네, 원래 그런 맛이에요."
"머리가 지끈거렸는데 요걸 먹으니 좀 개운해지네."
홍오는 독초 뿌리를 계속 씹었다. 장건이 하나를 더 건네자 또 먹고, 또 건네니 또 먹었다.

"우적우적…… 우적…… 우적."

그렇게 몇 뿌리를 먹다가 조금씩 씹는 속도가 느려지더니, 홍오는 곧 씹기를 멈추었다. 이내 장건이 처음 봤을 때처럼 멍한 얼굴로 돌아온 것이다.

마치 멀리 있는 무언가를 하염없이 바라보는 듯하지만, 실제로는 눈의 초점이 완전히 흩어져 있었다.

장건은 홍오가 중독된 게 아닌가 싶어 걱정스러웠으나 얼굴색은 멀쩡했다. 달리 별 탈도 없는 듯했다.

장건은 홍오가 괜찮은 듯하니 먹기를 계속했다.

먹고 먹고 또 먹었다.

단전이 완전히 비어 있어서 공복감이 상상을 초월할 정도였다.

어지간히 먹었다 싶었는데도 포만감이 거의 느껴지지 않았다.

수십 차례나 이쪽저쪽 풀밭을 오가며 약초와 독초를 번갈아 먹은 후에야 배가 좀 부른 듯했다.

"후아아. 이제야 좀 살 것 같네."

장건은 곧 가부좌를 틀고 가볍게 운기를 했다. 몸 안을 돌던 음양의 기운들이 운기행공을 통해 내공으로 흡수되니, 이제야 기운이 난다.

장건이 먹은 양은 보통 사람이 먹는다면 백 번 죽어도 모자랄 정도의 치사량이었다. 장건은 그만큼의 양을 고작 소주천 몇 회 정도로 완전히 자신의 내공으로 흡수해 버렸다.

휑하니 비었던 단전이 어느 정도 차올라 있었다.

슬슬 포만감을 느낀 장건은 행복감에 겨워 눈물이 날 뻔했다.
"다음부터는 더 조심해야지. 내공을 다 써버리니까 채우기가 되게 힘드네."
반에서 채우는 것과 완전히 바닥에서 채우는 건 확실히 다른 모양이었다.
장건은 배를 토닥토닥 두드리며 홍오를 쳐다보았다.
홍오는 여전히 멍하게 앉아 있을 따름이었다.
'명상이라도 하시는 건가?'
잠시 기다렸지만 홍오는 움직일 기미가 없었다. 심지어 눈조차 깜박이지 않는다.
'정리라도 하면서 기다려야겠다. 어휴, 많이도 먹었네.'
단전의 크기가 커진지라 먹은 양도 대단했다. 이제껏 중에 가장 많이 먹었다. 그 많던 삼지구엽초와 독초들이 반쯤은 줄어버린 듯했다.
'어차피 노사님 몰래 먹는 거라 당분간은 또 못 먹을 테니까.'
장건은 파헤쳐진 흙과 풀잎 등으로 너저분해진 풀밭을 정리하기 시작했다. 파헤쳐져 보기 싫게 구멍이 생긴 부분은 흙으로 메우고, 너무 비어서 휑해 보이는 부분은 다른 곳에서 비슷한 키의 풀들을 뽑아다 심었다.
한참을 정리하고 나니, 조금 듬성하기는 하지만 처음 왔을 때나 비슷한 모양이 된 듯했다.
"끝."
탁탁.
장건은 손을 털며 홍오를 돌아보았다. 홍오는 아직도 그대로다.
'아무래도 방해하지 말고 조용히 가야겠다.'
장건은 가만히 합장을 하고는 산을 내려갔다. 시간이 꽤 지나서 빨리 가지 않으면 제갈영의 비무를 놓칠 수도 있었다.

* * *

모용전은 남궁상과 황보윤, 둘과 함께 소림 산문 앞 공터로 나왔다.
"응?"
생각보다 사람이 많이 몰려 있었다. 본래라면 세가의 자제들과 문사명만 있어야 하는데, 이삼십 명은 더 있는 듯 보인다.
그 중에서도 백리연이 눈에 딱 들어온다. 모용전은 누가 말하지 않아도 그 중 대부분이 백리연의 추종자들이라는 걸 알 수 있었다.
"아, 모용 형!"
팽탁이 모용전을 보고 다가왔다.

"어떻게…… 일은 잘 됐소?"

장건을 끌어들이는 데 성공했냐는 물음이었다. 모용전이 고개를 끄덕였다.

하지만 곧 팽탁이 마른 침을 삼키며 어렵사리 말했다.

"아무래도 장건을 상대하기 어려울 것 같소."

"갑자기 왜 그러시오?"

"철비각 종유를 상대로 검성의 제자가 꽤 고전을 했소."

"철비각과 문 대협이?"

"왜 그랬는지는 모르겠는데 검성의 제자가 철비각을 데려와 다짜고짜 비무를 벌였소."

"흠……."

백리연이 와 있는 이유가 그것인 듯했다.

"그런데 왜 장 소협을 상대하기 어려울 거라는 것이오?"

"굳이 부끄럽게 내 입으로 다 말하게 만들지 맙시다. 둘의 대결이 보통이 아니었단 말이오."

팽탁은 종유와 문사명의 대결을 보고 주눅이 든 것이다. 장건을 이길 수 있다고 호언장담을 하긴 했는데 실제로 본 종유는 운으로 이길 만한 상대가 아니었다.

그러자 남궁상은 걱정 말라는 듯 팽탁의 어깨에 한 손을 올려 감쌌다.

"팽 형. 너무 심려하지 마시오. 하늘은 우리 편이오."

"그게 무슨 소리요?"

남궁상이 팽탁에게 귀엣말을 했다.

"장 소협은 지금 내공을 쓸 수 없는 상태요."

"정말이오?"

"우리 할아버님께서 슬쩍 건드렸더니 목에 핏대를 세우고 덤비다가 그리 되었다고 하오."

"허어! 정말 눈에 뵈는 게 없는 놈이로구먼?"

"그렇소. 그러니까 우리가 벌을 줘야 하지 않겠소? 아무리 잘났어도 내공을 못 쓰면 식은 죽 먹기나 다름없는 일이외다."

황보윤이 옆에서 말을 거들었다.

"아까 제가 봤는데요. 제대로 걷지도 못하던걸요? 생각보다 크게 혼이 난 거죠."

"그런데 내공을 못 쓴다면······."

팽탁이 우려 섞인 목소리로 물었다.

"우리가 원하는 대로 덤비지 않으면 어쩌오?"

"그야······."

남궁상이 곁에서 싱글생글 웃고 있는 황보윤을 보고 말했다.

"여기 황보 소저가 하기에 달려 있는 것이지요."

황보윤은 웃으며 대답했다.

"내게 맡기세요. 아주 고 조그만 년을 달달 볶아서 장건인지 황건적인지, 나서지 않고는 못 배기게 만들 테니까."

"황보 소저, 믿겠소."

"물론이죠."

팽탁이 턱을 매만지며 고개를 끄덕였다.

"검왕께서 그리 말씀하셨다면야……."

정말로 남은 건 황보윤에게 달려 있는 것이다.

황보윤은 제갈영을 상대로 여기지도 않았다. 제갈영의 실력이야 뻔했다.

세가 모임의 여류 무인들을 꼽으라면 아마 양소은이 제일 먼저 꼽힐 테지만, 양소은은 나이가 많았다. 또래에서는 황보윤의 실력이 제일 좋았다.

"그나저나 시간이 슬슬 되어 가는데……."

모용전이 소림의 정문 쪽을 보다가 말했다.

"왔소."

멀리에 남녀의 모습이 보였다.

장건과 제갈영이었다.

"응?"

팽탁이 의아한 눈을 했다.

"멀쩡하게 걷는데?"

아니, 멀쩡하다고는 할 수 없었다. 장건의 걸음은 매우 독특해서 뻣뻣하게 걷는 것이 특징이다.

하지만 남궁상과 황보윤의 말처럼 다 죽어가는 모습은 아니었다.

남궁상이 짐짓 호탕하게 웃으면서 말했다.

"아, 걱정 말래도 그러오. 지금 저건 일부러 저러는 거요. 아까까지만 해도 비틀거리고 제대로 서지도 못해서 아주 난리도 아니었소."

"그렇겠죠?"

"아무렴. 우리 할아버님의 말씀이신데."

"그렇지요. 검왕께서 직접 하신 말씀이신데."

그 말을 양소은이 슬그머니 듣고는 돌아갔다.

     * * *

"잠깐 얘기 좀 해요."

백리연이 갑자기 다가와 장건을 붙들고 말했다.

제갈영이 당연히 반발했다.

"야! 우리 오빠는 나 때문에 온 건데, 네가 왜 중간에 끼어?"

백리연이 다른 사람들에게는 보이지 않게 인상을 썼다.

"바보 같은 게. 지금 자기 때문에 무슨 일이 벌어지고 있는지도 모르면서."

"응? 나 때문에 뭐?"

백리연은 그대로 제갈영을 무시하고 장건과 따로 말하려 했다. 그러나 제갈영이 놓아줄 리 없었다.

"나한테도 얘기해 줘. 나랑 관련된 일이면 나도 들을 자격이 있잖아."
 "목소리 낮춰."
 "……응."
 장건이 물었다.
 "왜 그래요?"
 백리연은 장건을 가만히 쳐다보았다.
 키도 자신보다 조금 작고 왜소하다. 살이 좀 더 붙으면 호남으로 보일지도 모르겠지만 미남자는 아니다. 나이가 많긴 해도 종유가 더 나을 지경이다.
 보통은 뛰어난 무공만 아니면 눈길조차 보지 않았을 그런 남자아이였다.
 그러나 백리연에게는 조금 색다른 의미가 있다.
 '그래도 내 남자니까.'
 '나만의 남자'라고 생각한 순간 가슴이 콩닥하고 뛰었다. 얼굴이 뜨끈해졌다. '내 남자'라는 단어 하나에 희한하게도 마음이 움직인다.
 백리연은 자신의 심장이 뛰는 소리가 들릴까 봐 조마조마했다.
 제갈영이 백리연을 빤히 보며 물었다.
 "진짜 나 때문에 그런 거 맞아? 왜 혼자서 얼굴 빨개지고 그러는데?"
 "아, 아냐."

당황한 백리연이 고개를 돌렸다. 제갈영이 다시 물었다.

"그렇게 고개를 돌리고서 얘기를 하겠다고?"

"이렇게 하든 저렇게 하든, 얘기하는 내 마음이야."

"진짜 이상한 애네."

"듣기 싫어?"

"아니."

"그럼 이대로 말할 테니 잘 들어."

끄덕끄덕.

그래서 백리연은 제갈영과 장건에게서 고개를 반쯤 돌린 채 허공을 보며 말하는 이상한 모습이 되었다.

그 상태로 백리연이 말했다.

"저들은 이 꼬마를 노리는 게 아니에요. 저들의 목적은 장 소협이에요."

"응?"

"네?"

장건이 자기 가슴을 가리키며 물었다.

"제가 왜요?"

"꼬마를 빌미로 장 소협을 비무로 끌어들일 생각이에요."

장건이 황당한 얼굴을 했다.

"그런 귀찮은 짓을 해서 무슨 득이 있는데요?"

"그건 세가의 명예와 관련이 있어요. 구대문파에서 장 소협에게 비무를 요청한 상황에서 자신들이 먼저 비무를 성사시키는 거죠. 그렇게 되면 구대문파의 명예가 실추될 테니까요."

눈치 빠른 제갈영이 '아!' 하고 탄성을 냈다.

"그래서 나한테 괜히 시비를 걸었구나. 저 나쁜 년이."

제갈영은 한참 남궁상과 깔깔대고 있는 황보윤을 몰래 노려보았다.

백리연이 얼굴을 다른 데로 향한 채 계속 말했다.

"문제는 저 세가의 자제들이 아니라, 문 대협이에요. 문 대협은 반드시 장 소협과 일전을 벌이려 할 거예요. 문 대협은 그 때문에 철비각 종 대협과 좀 전에 비무를 벌여 승리하기까지 했어요."

"그럼……."

백리연이 장건의 말을 끊었다.

"장 소협이 당장이라도 이 자리를 벗어나는 게 우선이에요. 그렇게 되면 소림도, 장 소협도 곤란해지지 않을 테니까요. 언젠가 문 대협과도 승부를 겨뤄야 하겠지만 적어도 지금은 그때가 아니에요."

"확실히…… 곤란한 일이네요."

비무 상대를 사문의 어른들이 결정하고 있는데 장건이 먼저 나서버린다면 좋지 않은 일이다. 장건이 아무리 무림의 일을 몰라도 그 정도는 추측할 수 있었다.

이제야 사태의 심각함을 눈치챈 제갈영이 한숨을 쉬며 말했다.

"밉상의 말이 맞아. 오빠는 가. 나머진 내가 알아서 할게."

밉상이란 말에 백리연의 눈초리가 표독하게 변했지만 따질 수 있는 상황이 아니었다.

장건이 제갈영을 보며 대답했다.

"아냐. 그래도 약속한 건데, 그러면 안 되지. 다른 건 몰라도 약속을 지켜야 신용 있는 사람이야."

"그럴 필요 없어. 나 때문에 오빠가 곤란해지는 건 싫어. 그냥 가."

"그럼 같이 가."

"안 돼."

"왜?"

제갈영이 입술을 앙 깨물었다.

"황보윤 저것이 우리 가문을 욕했어. 나한테만 그런 거면 괜찮은데 우리 가문을 욕보였어. 그러니까 난 비무를 해야 돼."

백리연이 고운 이마를 찌푸렸다.

"네가 황보윤에게 상대나 될 것 같아?"

제갈영이 항변했다.

"안 되겠지. 안 되는 거 알아. 그래도 물러설 수 없을 때가 있잖아! 내가 물러서면 우리 가문이 바보가 되고 겁쟁이가 되는데 어떻게 달아나?"

"너 때문에 장 소협이 곤란해져도?"

"그, 그건……."

제갈영이 고개를 세차게 휘젓더니 말했다.

"내가 오빠를 좋아하긴 하지만 그래도 가문을 욕보인 년을 가만히 둘 순 없어."

"이런 바보가?"

백리연이 면박을 주었으나 제갈영은 확고했다. 그러나 가문 욕을 듣고서도 참을 수는 없다는 건 백리연이나 장건도 이해할 수 있는 부분이었다.

갑자기 장건이 나섰다.

"그럼 내가 알아서 할게."

"응?"

"장 소협이 어떻게요?"

장건이 대답했다.

"나 때문에 영이가 피해를 보게 된 거고, 그렇다면 내 책임도 있잖아요. 그러니 나 몰라라 할 수는 없어요."

"그러니까 무슨 방법으로요?"

"그건 내게 맡겨요."

장건이 둘에게 믿어 보라는 눈빛을 보내며 앞으로 나서려는 찰나, 백리연이 장건의 소매를 잡았다.

"이번 한 번 뿐이에요."

"네?"

"그, 그러니까……."

갑자기 백리연의 얼굴이 빨개졌다. 백리연은 고민하는 듯하다가 와르르 말을 털어 놓았다.

"내가 아니라 다른 여자를 위해 싸우는 걸 허락하는 건 이번 한 번 뿐이라구요!"

"에……."

장건은 물론이고 제갈영도 황당해 했다.

"내가 왜 다른 여자야!"

"그, 그렇다면 그냥 그런 줄 알아! 왜 장 소협이 남을 위해 싸워야 해?"

"그럴 거면 됐어. 내가 그런 소리를 듣고서도 도와달라고 할 만큼 배알이 없는 거 같아? 내가 맞아죽어도 결코 남 소리는 못 듣겠다!"

"흥. 이 조그만 게? 내가 이만큼이나 양보를 했……."

싸우던 백리연이 장건의 눈길을 의식하고는 입을 다물었다. 장건이 뒷머리를 긁으며 머쓱하게 말했다.

"영이는 남이 아니에요."

그 말에 백리연의 눈은 표독해졌고 제갈영은 헤벌쭉 웃었다.

"당연히 남이 아니지."

"남이 아니면 뭔데요?"

"어, 그러니까 영이는 동생 같으면서도……."

제갈영이 '핏!' 하고 입을 삐죽 내밀었다.

장건이 말했다.

"아무튼 다른 사람은 몰라도 영이를 위해서는 싸울 수 있어요. 그건 불필요하고 쓸데없는 일은 아닌 것 같아요."

백리연이 차갑게 내뱉었다.

"그럼 나랑은………."

'끝이에요.'라고 말을 하려는데 장건이 먼저 말을 이었다.

"백리 소저를 위해서도 싸우기로 했잖아요. 그러니까 서로 다투지 말아요."

"그, 그건 내게 용서를 받기 위해서잖아요. 경우가 완전히 다르다구요."

장건이 잠깐 고민하다가 말했다.

"그럼 이번 말고 다음에도 싸워줄게요."

"한 번 가지고는 어림도 없어요!"

백리연은 '당연히 한 번이 아니죠'란 말을 기대했으나, 장건의 반응은 사뭇 달랐다.

"어어, 그건 좀……."

백리연의 얼굴이 참담해지자 제갈영이 깔깔댔다.

"아! 웃겨! 내가 웃을 때가 아닌데, 나 미쳤나 봐. 킥킥."

장건이 또 습관처럼 뒷머리를 긁었다.

백리연이 우울해하는 모습을 보니 왜인지 재밌다. 처음 볼 땐 참 나쁜 애라고 생각했는데 보면 볼수록 귀엽다는 생각이 들었다.

"제가 남들하고 싸우는 걸 별로 안 좋아해서 그래요. 그러니까 그냥…… 가급적이면 누굴 위해서 싸울 일이 아예 없었으면 좋겠어요."

백리연이 묘한 눈으로 장건을 보았다.

그래서 싸워주겠다는 건지 아니라는 건지, 자신의 마음만큼이나 알쏭달쏭한 말이었다.

"뭐, 좋아요. 그럼 그렇다고 쳐요."

백리연은 짐짓 화가 난 투로 고개를 휙 돌렸다. 하지만 약간은 화가 풀렸다는 것을 알려주기 위해 고개를 돌리고서도 장건을 미운 듯 쳐다보았다.

당연히 장건은 백리연이 '또 화났네' 하고 생각할 뿐이었다.

"아무튼 그럼."

장건은 둘을 향해 고개를 끄덕여 보이고는 앞으로 나섰다.

사람들의 이목이 한순간에 장건을 향했다.

장건은 어색해하면서 모용전을 비롯한 세가의 자제들을 향해 말했다.

"저기요."

황보윤이 앞으로 나왔다.

"무슨 일이시죠?"

"할 말이 있어서요."

"전 바쁜 사람이거든요. 그 뒤에 재수 없는 꼬마를 혼내줘야 해서요. 그러니까 잔말 말고 빨리 나오라고 하세요."

"아, 그 전에요."

장건이 많은 사람들의 시선이 부담스러운지 심호흡을 하고 말했다.

"만약에 저 때문에 그러시는 거면 굳이 이러지 않아도 된다고 말씀드리려고요."

"에, 에?"

장건이 정면으로 얘기를 거론하자 황보윤은 당황했다. 황보윤이 모용전 쪽을 보았다.

모용전이 한 걸음을 나오며 말했다.

"하하. 그럴 리가요. 이건 어디까지나 황보 소저와 제갈 소저와의 일입니다. 그리고 제가 장 소협께 말씀드렸듯이 소협께서는 참관인으로만 계셔주시면 됩니다."

장건이 가만히 듣고 있다가 입을 열었다.

"황보 소저가 영이에게 사과를 한다면 어떤 비무든 지금 다 받아들이겠어요. 만약 그게 아니면 전 그냥 돌아가구요."

장건이 당당하게 말하니 모용전도 당황스러웠다. 설마하니 이렇게 대놓고 나올 줄은 몰랐던 것이다.

하나, 보는 눈도 적지 않은데 섣불리 승낙을 할 수도 없었다.

"음……."

모용전이 대답을 고르자 장건이 어깨를 으쓱했다.

"어차피 전 참관인이 뭘 하는지도 모르고, 도움도 안 될 게 뻔하니까, 그럼 그냥 가 볼게요."

"잠깐!"

오히려 장건을 말린 것은 팽탁이었다.

팽탁이 모용전에게 가 속삭였다.

"모용 형. 고민할 거 없소. 자기 몸 상태가 좋지 않으니 저렇게 허세를 부리는 거요. 만약 우리가 체면이 좀 상한다고 거절한다면 정말로 가버릴 거 아뇨?"

"하지만……."

"이건 저 놈이 오히려 제 발로 함정에 걸어들어 온 거요. 저렇게 말하면 우리가 아니라고 발뺌할 줄 알았겠지. 그러면 핑계를 대고 돌아가려고 말이오."

듣고 보니 일리가 있었다.

백리연과 한참이나 쑥덕거린 걸 보면 어떻게 돌아가는지 상황은 알았을 것이다. 하니 몸 상태가 좋지 않은 상황에서 시비에 휘말릴 수는 없다고 판단했을 터였다.

황보윤이 살풋 인상을 썼다.

"그럼 내가 저 꼬마한테 사과를 해야 한단 말예요?"

팽탁이 손을 휘휘 내저었다.

"그냥 대충 미안하다, 한마디만 하면 되잖소. 황보 소저도 알다시피 저 꼬마를 손봐주는 게 우리 목적은 아니잖소?"

"아웅, 짜증나."

팽탁이 고민하는 모용전의 어깨를 힘껏 잡았다.

"그렇게 합시다, 모용 형. 놈이 몸을 다 추스르기 전에 슥삭 해치워 버리면 그만이오. 이런 기회가 언제 또 오겠소?"

앞 뒤 정황을 모두 재 봐도 달리 선택할 길이 없었다. 그러다가 정말로 장건이 가버리게 되면 만사가 헛것이 되고 만다.

"그럽시다."

모용전이 고개를 끄덕였다.

황보윤이 '쳇' 하고 인상을 찌푸리더니 제갈영을 향해 크게 소리쳤다.

"미안하다!"

당황스럽기는 제갈영도 마찬가지였다. 장건이 저렇게 나올 줄도 몰랐고, 그렇다고 정말 사과를 할 거라고 생각하지도 못했다.

어떻게 대답을 해야 하나 고민하는데 백리연이 제갈영의 어깨를 툭 쳤다.

"미안하다잖아."

제갈영이 백리연을 쳐다보니, 그녀가 서늘하게 웃고 있었다.

"한마디 해줘."

제갈영은 고개를 끄덕이고는 대답을 기다리는 황보윤을 향해 크게 소리쳤다.

"내가 이번 한 번만 넓은 아량으로 봐준다. 너, 그렇게 살지 마. 알았어? 한 번 더 그러면 정말 죽을 줄 알아!"

황보윤이 기가 막혀서 입을 떡 벌렸다.

하지만 미안하다고 사과까지 한 마당에 뭐라고 할 도리가 없었다. 팽탁이 뒤에서 '참으시오, 참으시오.' 하고 조그맣게 소리치고 있었다.

"아우! 분해."

백리연의 추종자들 때문에 보는 눈도 많았다.

황보윤은 이를 갈며 애먼 바닥을 차고는 성을 내며 자리로 돌아가 버렸다.

제갈영이 백리연을 보고 씨익 웃었다. 백리연도 잘했다는 표정으로 보고 있었다.

그러나 함께 웃던 둘은 이내 '흥!' 하고 고개를 돌려 버렸다.

이어 모용전이 중재하듯 나섰다.

"자. 그럼 두 소저와의 일은 얼추 해결된 듯싶습니다만……."

장건이 고개를 끄덕였다.

"네. 약속대로 비무 신청을 받을게요."

그때 갑자기 양소은이 다가와 장건에게 조그만 소리로 물었다.

"정말 괜찮겠어?"

"네. 왜요?"

"몸이 좀 좋지 않다고 들어서."

"네, 조금요."

"잘 생각해봐야 할걸. 만약 다치기라도 하면 비무를 기다리고 있는 무당과 화산에서……."

"무슨 말 하는지 알아요. 그런데 제가 다칠 일은 없을 것 같은데요."

양소은의 얼굴에 알 듯 말 듯한 표정이 떠올랐다.

둘의 모습을 본 모용전은 분노의 감정을 느꼈다.

"양 소저!"

양소은이 돌아보았다.

"저요?"

"그렇소! 왜 그쪽에 계신 거요!"

"남이사 여기 있든 말든요."

"크윽……."

양소은이 털털대고 걸어가며 모용전의 앞에 서서 얼굴을 들이밀었다.

"뭐, 뭐요? 갑자기."

모용전이 당황하는 모습을 본 양소은이 '아!' 하고 붉어진 얼굴을 감쌌다.

"팽 소협의 말이 맞았네."

"뭐, 뭐가 맞다는 거요?"

모용전의 눈길을 받은 팽탁이 딴청을 부렸다.

"아니, 나는 뭐……."

"팽 형!"

"아, 왜 자꾸 날 부르오? 님의 이름이나 부르지."

"이익!"

모용전의 얼굴이 새빨갛게 달아올랐지만, 화를 발산하기도 전에 장건이 시큰둥하게 물었다.

"비무 안 해요?"

팽탁은 얼버무리다가 갑자기 도를 들고 앞으로 튀어 나갔다.

"장 소협의 상대로는 부족하지만 어디 한번 겨뤄봅시다!"

장건의 대답은 단출했다.

"네."

팽탁이 도를 아래로 하고 포권하며 정식으로 인사를 했다.

"나는 하북 팽가의 탁이라고 하오. 한 자루 도로 상대할까 하오만."

"전 장건입니다."

둘이 인사를 나누는 와중에도 좌불안석이 된 모용전은 비무를 지켜볼 여유가 없었다.

어차피 힘도 못 쓰는 장건이야 팽탁에게 고전할 게 뻔했다.

팽탁이 붕붕거리며 거세게 도를 휘두르는 소리가 들려왔지만, 모용전은 비무도 보지 않고 양소은의 뒤를 졸졸 따라갔다.

"양 소저. 팽 형이 뭐라고 했소?"

"아, 다들 아는데 나만 모르는 사실요."

"그, 그게 뭐요?"

"내 입으로 별로 말하고 싶지 않네요."

심드렁한 양소은의 말에 모용전이 화를 냈다.

"내, 내가 그렇게 우습소?"

"우습진 않아요."

"그런데 왜 그런 눈빛으로 날……."

"비켜 봐요. 비무 시작하는 데 안보이잖아요."

"못 비키겠소! 날 그렇게 귀찮은 투로 보지 말……."

그때 청명한 소리가 울렸다.

뻥!

최상급의 돼지 오줌보에 공기를 넣어 만든 가죽 공을 힘껏 발로 차서 터뜨린 듯한 소리였다. 마치 도자기를 깨뜨리는 것 같은 파열음이 섞이긴 했지만 그것은 확실히 무언가를 쳐서 낸 타격음이었다.

모용전의 말도 절로 멈추고 말았다.

모용전은 말하다 말고 입을 벌린 채 천천히 고개를 뒤로 돌렸다.

언제 무슨 일이 있었냐는 듯 도를 멀리 떨어뜨리고 조용히 대자로 뻗어 있는 팽탁이 보였다.

언뜻 팽탁은 달려가다 제풀에 미끄러져 넘어진 것 같았다. 눈이 반쯤 감겨 게슴츠레하다.

"……응?"

아주 짧은 시간이었다.

예전에 소림의 정문에서 장건과 추종자들 사이에 생긴 일을 보지 못했다면 무슨 일이 벌어졌는지 도저히 예측할 수도 없는 광경이었다.

곧 장건이 쓰러진 팽탁을 향해 넙죽 합장을 하더니 담담한 목소리로 외쳤다.
"다음 분요~."

제8장

사시무공

 팽탁이 단 한 방에 나가떨어진 것을 본 이들의 반응은 제각기 달랐다.
 백리연을 추종하던 청년들은 자기도 모르게 몸을 움츠리고 있었다. 정문에서의 악몽이 떠올라 마치 자신이 당한 듯한 착각까지 들었다.
 일부 청년들은 뒤로 슬금슬금 물러나며 장건과 눈을 마주치지 않으려 했다. 장건이 얼굴을 다 기억하고 있다는 사실을 깨달은 탓이다.
 백리연도 비슷한 감정에 휩싸여 있었다. 침까지 질질 흘리면서 뒤척이는 팽탁을 보니 자신도 그랬었을 거란 생각에 머리가 아찔해졌다. 부끄러워서 어디 숨고 싶을 지경이었다.

제갈영만은 '역시 한 방밖에 안 되네.' 하고 장건을 응원했지만, 남궁상과 모용전, 그리고 황보윤은 꽤나 놀랐다.

남궁상이 쓰러진 팽탁에게 가 살펴보더니 휘둥그레진 눈으로 모용전과 황보윤을 보았다.

"맛이 갔는데?"

"이게 어떻게 된 거요? 힘을 쓸 수 없을 거라 하지 않았소?"

"분명히 제가 봤을 때는 그랬었다니까요?"

그러나 장건은 아무렇지 않은 모습으로 서 있을 뿐이었다.

할 말 안 할 말을 잘 가리지 못하는 남궁상이 장건에게 물었다.

"혹시 아프거나 힘들지 않소?"

"네? 전 아무렇지 않은데요. 저랑 비무 하시게요?"

"아, 나는……."

뒤에서 황보윤이 남궁상을 부추겼다.

"해보세요. 어쩌면 이게 마지막 남은 기운을 짜낸 건지도 몰라요. 멀쩡해 보이지만 사실은 서 있는 것도 고작일 거예요."

"그, 그럴까?"

아무리 생각해 봐도 아까의 그 비틀거리던 모습이 너무나 강렬하다. 짧은 시간에 기운을 되찾았을 리가 없었다.

그러나 팽탁이 누군가에게 한 방에 맞고 나가떨어질 정도로 실력이 없는 무인도 아니었다.

'에라 모르겠다.'

어차피 맞는다고 죽지도 않는데 겁쟁이처럼 웅크릴 필요가 없었다.

남궁상이 황보윤의 응원에 힘입어 앞으로 나섰다.

"한 수 부탁드리겠소."

"예."

남궁상은 팽탁처럼 되지 않기 위해 시작부터 자신이 할 수 있는 최고의 검술을 펼쳤다. 그럴 리는 없겠지만, 만약 장건의 기운이 남아 있다면 제대로 검술을 펼쳐 보이기도 전에 한 대 맞고 뻗어버릴지도 모를 일이었다.

"이것은 본가의 가전 무공인 창천오검(蒼天五劍)이오!"

남궁상은 전력을 다해 초식을 펼쳤다. 푸른 하늘을 가로지르는 거대한 붕(鵬)처럼 장건을 향해 검을 베어갔다.

그 찰나의 순간, 남궁상은 재빠르게 머리를 굴렸다.

'맨손이니 이번 일초는 반드시 피하겠지. 우측에서부터 비껴서 검을 벤다면 반드시 내 왼쪽으로 움직일 거다. 신법이 빨라 보지 못한다 하더라도 상방(上方)을 밟으면서 양생구합(養生構合)의 초식으로 하단을 쓸어간다면 공세를 이어갈 수 있어. 그 다음에는 다시 창천오검의 두 번째 초식으로 연결하고······.'

그러나 남궁상의 생각은 거기까지였다.

뭘 어떻게 했는지 몸이 쑥 잡아 당겨지는 듯한 기분이 들었다.

"어?"

자신의 검이 장건의 왼손에 찰싹 달라붙어 있었다. 검날이 아니라 검면에 손바닥을 대고 있는데, 그쪽으로 자신의 내장이 쪽 빨려가는 듯했다.

장건은 태극경을 응용하여 검의 힘을 완전히 몸으로 흡수할 수 있는 수법을 익힌 것이다. 어지간한 고수의 검이 아니라면 모든 힘을 받아들일 수 있었다.

"어어어?"

'휘두르고 있던 검을 맨손으로 멈춰?' 하고 놀라움의 말을 내뱉기도 전에, 장건의 오른쪽 어깨가 흐릿해졌다.

어디서 뭐가 나오는지 남궁상은 보지도 못했다. 갑자기 옆구리 부근에서 빵! 하고 터지는 듯한 기분이 들었다.

곧 과하게 술을 마신 것처럼 하늘이 핑핑 돌더니 등에 딱딱한 것이 부딪쳤다.

'당했나?'

아직 정신은 멀쩡하니 일어나야 한다는 생각이 들었다……가 금세 사라졌다.

'왜 이렇게 졸리지? 갑자기 또 왜 이렇게 춥고…….'

누군가 자신의 몸을 건드리는 게 느껴졌다.

"오라버니! 일어나요! 오라버니!"

한데 마치 속살을 후벼 파듯 자신의 몸을 잡은 손이 따갑게 느껴졌다.

목소리로 보아 황보윤이었지만, 남궁상은 아프기도 하고 피곤하기도 해서 만사가 귀찮아졌다.

"나 좀 그냥 내버려둬. 잡지 마…… 아프단 말야……."

"오라버니!"

황보윤이 더 세게 흔들어대자 남궁상은 머리가 울려서 견딜 수가 없었다.

"내버려 두라니까아? 에이씨!"

남궁상은 엎어진 채 그대로 몸을 데구르르 굴려서 황보윤에게 벗어났다.

탁.

머리가 나무 등치에 부딪쳐서 골이 깨지는 듯 아팠다.

"아이 씨…… 부딪쳤잖아."

그래도 두터운 뿌리에 머리를 대니 딱 베고 자기 좋은 듯했다.

잠이 솔솔 쏟아졌다.

"나 잘 거니까…… 건들지 마쇼…… 음냐. 한 대 맞았으니 됐잖아."

황보윤은 당황스러웠다.

남궁상이 갑자기 바보가 되었다!

뒤에서는 요란하게 '드르렁!' 대는 코고는 소리까지 들려왔다.

팽탁이었다. 기껏 옆으로 들어다가 눕혀 놨더니 아예 곤히 잠이 들어 버린 것이다. 얼마 지나지 않아 남궁상의 코에서도 쌔근대는 소리가 났다.

황보윤은 털썩 주저앉아서 망연자실하게 소리쳤다.

"이게 뭐야…… 이게 뭐냐구! 이게 무슨 비무야!"

모용전은 얼이 빠진 듯 그 모습을 보고 있었다.

'검왕이 거짓말을 했을 리가 없는데?'

남궁호는 이번이 기회라고 몇 번이나 강조를 했다. 대충 장풍만 날려도 장건이 날아갈 거라면서.

물론 아직 모용전이나 남궁상은 장력을 허공에 날릴 수 있는 실력은 없었지만 말이다.

'설마하니 검왕의 이목까지 속일 정도의 실력을 숨기고 있었단 말인가?'

아무리 생각해 봐도 그것 말고는 다른 생각이 떠오르지 않았다.

양소은이 모용전의 옆구리를 쿡 찔렀다.

"내공을 다 소진했다면서요. 진짜예요?"

"나, 나도 잘 모르겠소."

"가서 도전해 봐요."

"뭐, 뭐요?"

"그래야 확실히 알 거 아녜요."

모용전은 화들짝 놀랐다.

장건이 내공을 쓸 수 없는 상태라고 하니 용기가 생겨서 여기까지 오게 된 것이다. 멀쩡할 때의 장건은 우내십존과도 정면으로 맞설 정도였다.

"말도 안 되는 소리 하지 마시오."

"왜요. 우릴 끌어들인 건 사실 모용 소협이었잖아요. 이제 와서 발뺌하겠다 이거예요?"

"……"

"겁나요?"

"……"

모용전은 쉽게 대답을 하지 못하고 갈등했다. 무인이니 강자와 싸우는 것이 두렵지는 않다.

그러나 그것도 제대로 싸웠을 때의 얘기다.

팽탁이나 남궁상처럼 꼴불견이 되어 쓰러지면 얼마나 볼썽사납고 창피하겠는가! 팽탁은 갑자기 털이 북슬북슬한 배를 드러내고 벅벅 긁기까지 하고 있다!

'젠장.'

모용전은 구원을 바라는 마음으로 문사명 쪽을 바라보았다. 남궁지와 함께 서 있던 문사명은 이마를 잔뜩 찌푸린 채 골똘히 생각에 잠겨 있었다.

문사명이 나서지 않는다면 장건을 제압할 만한 사람은 없을 것이다. 그렇다 해도 종유에게 고전한 문사명이 장건을 이기리란 법도 없었다.

모용전의 시선을 느꼈는지, 갑자기 문사명이 모용전에게 가까이 다가왔다.

모용전이 기죽은 표정으로 물었다.

"미안하오. 대신 나서줄 수 있겠소?"

자존심도 다 버리고 물은 말이었다. 괜히 나섰다가 여럿 앞에서 꼴불견이 되느니 문사명에게만 창피한 게 낫다.

문사명은 장건에게서 시선을 떼지 않으며 말했다.

"한 가지."

"한 가지…… 라니요?"

"한 가지만 알아낸다면 시도를 해볼 수도 있을 것 같소만."

"그게 뭡니까?"

문사명이 침착하게 설명했다.

"공격은 단조롭고 변화가 없소. 다만 상대의 힘을 교묘히 이용하면서 보이지 않는 시야의 시각지대에서 주먹을 뻗는다는 것이오. 그것은 어떻게든 해결될 것이나 그보다 더 문제는……."

문사명이 미간을 더 찌푸렸다.

"어디를 어떻게 공격해서 단번에 무력하게 만들어 버리는지 전혀 알 수가 없다는 것이오. 팽 형의 경우에는 하복부였고 남궁 형의 경우에는 왼쪽 옆구리 부근이었소."

"아……!"

모용전은 문사명의 말에 퍼뜩 깨달은 것이 있었다.

장건은 자신의 힘으로 공격을 하고 있지 않았다.

소림의 정문에서 백여 명을 상대할 때도 그러했고 지금도 마찬가지였다.

어떻게 하는지는 잘 모르겠지만 상대의 힘을 이용해 거꾸로 되돌리는 수법을 쓰고 있었다.

종유와 상대할 때에는 그의 힘을 되돌리지 못하고 공격을 했다가 한순간에 지쳐서 헐떡대기도 했었다.

'저러니까 내공을 쓰지 못해도 공격을 할 수가 있었던 거로군!'

대외적으로 장건은 문각의 백보신권을 이은 것으로 되어 있다. 하지만 완전한 문각의 백보신권은 아니었다.

'그래. 백보신권은 엄청난 내공을 소모하는 수법이다. 아무리 난다 긴다 한들 지금의 장건이 문각선사만큼의 내공을 보유할 수는 없었겠지. 그것을 감당할 수 없어서 상대의 힘을 이용하는 것인가? 하물며 내공이 부족한 지금이라면……'

하나씩 장건의 무공에 대한 비밀이 풀리는 듯했다.

아니, 적어도 지금 깨달은 사실만으로도 어느 정도 해볼만 하다는 생각이 들었다.

모용전은 문사명과 양소은을 번갈아보며 보란 듯 말했다.

"내가 상대해 보겠소."

"진짜요?"

양소은이 놀란 듯 되물었다.

"나도 남자요. 책임은 지겠소. 그리고……."

모용전이 문사명에게 고개를 짐짓 끄덕여 보였다.

"비록 내가 진다 하더라도 문 형에게 도움이 되도록 하겠소."

장건의 비밀을 파헤치기 위해 스스로 몸을 던진다는 투였지만 사실은 모용전도 일말의 가능성을 염두에 두고 있었다.

잘하면 이길 수도 있겠다는 생각이 들었다.

문사명이 조언했다.

"어디를 공격하는지 알 수 없다면 눈을 보시오."

"고맙소."

모용전은 자신의 검을 들고 장건의 앞으로 걸어갔다. 전장에 나서는 장수처럼 비장한 모습이었다.

겁쟁이처럼 숨어 있다가 양소은에게 얕보이기 싫었다. 검이라면 모용전도 누구에게 뒤진다고 생각해 본 적이 없었다.

모용전은 별말 없이 검을 곧추세우고 기수식을 펼쳤다.

"이미 구면이니 별다른 인사는 하지 않겠소."

장건이 모용전을 빤히 보았다.

제갈영을 끌어들여서 자신을 오게 한 사람이었다. 우내십존에게 당할 때는 좀 불쌍해 보였는데 지금은 그렇지 않았다.

"네. 그러세요."

문파간의 복잡한 문제는 잘 모르지만, 제갈영과 소림을 곤란하게 만들려던 인물이다.

 장건은 담담한 척하고 있지만 사실은 아까부터 조금 화가 나 있는 상태였다.

 '이런 건 딱 질색이야.'

 화가 나면 몸이 긴장을 하게 되고 약간 흥분 상태가 된다. 장건은 숨을 가볍게 내쉬며 몸의 긴장을 풀었다. 화가 난다고 무작정 화를 내봐야 별로 도움이 되지 않는다는 걸 여러 번의 실전으로 깨닫고 있었다.

 화가 나더라도, 화를 내면서도 몸은 화를 내지 않아야 한다.

 하지만 모용전은 장건이 낮게 숨을 내쉬는 것을 보면서 오해했다.

 '숨을 고르고 있군. 힘든가?'

 그렇다면 좀 더 기운을 뺄 필요가 있다. 아니, 굳이 기운을 빼지 않더라도 지금의 모습이 자신의 방심을 유도하는 것일 수도 있다.

 모용전은 신중하게 발을 옮겼다.

 천천히 장건의 왼쪽으로 돌면서 틈을 엿보았다.

 그런데……

 '응?'

 왼쪽으로 계속 돌고 있는데도 장건의 정면만이 보인다. 자신이 왼쪽으로 돌고 있으니 장건도 몸을 돌려 오른쪽으로 돌아야 정상인데 그러지 않았다.

발을 떼고 움직이는 것도 아니었다. 장건은 그냥 가만히 서 있을 뿐이다.

 그런데도 정면만 보인다. 마치 둥그런 원형 기둥을 가운데 두고 뱅뱅 도는 느낌이었다.

 '내가 헛것을 보나?'

 모용전이 걸음을 좀 더 빨리했다.

 그래도 마찬가지다. 빨리 걷든 느리게 걷든 보이는 건 장건의 정면 모습이다.

 옆에서 다른 사람과 비무할 때에는 몰랐는데 직접 마주하고 있으니 기이한 압박을 받는다. 말 그대로 사람을 당황하게 만드는 이상한 압박이었다.

 '뭐 이런 게 다 있어?'

 모용전은 식은땀이 다 났다.

 뭔가를 하려 해도 자신을 계속 주시하고 있으니 섣불리 해볼 수가 없었다. 자꾸만 마음이 조급해져서 자기도 모르게 뛰쳐나가고 싶은 생각이 들었다.

 "크윽!"

 모용전이 압박을 이기지 못하고 뛰쳐나가는데 문사명의 전음이 모용전의 정신을 일깨웠다.

 『모용 형!』

 모용전은 정신이 번쩍 들었다.

 '아뿔사. 심계에 당할 뻔했다.'

그대로 공격을 했다가는 특이한 수법에 공격이 되돌려져 팽탁이나 남궁상의 꼴이 났을 터다.

'하지만!'

이미 생각해 둔 바가 있었다.

모용전은 잠깐 멈칫 했다가 도움닫기를 해 대번에 거리를 좁혔다.

그의 손에서 검이 현란하게 춤을 춘다.

"분광검!"

누군가의 목소리가 들려왔지만 모용전은 거기에 신경 쓸 여유가 없었다.

일단 공격을 시도한 이상, 지금은 잠시도 방심할 수 없는 상황이었다.

빛을 쪼개어 나눈다는 그의 별호처럼 모용전의 검이 여러 갈래로 나뉘며 장건의 전신으로 쏟아졌다.

촤아악!

다른 이들에게는 장건이 검으로 만든 그물에 갇히는 듯 보였다.

허초와 실초를 구분할 수 없을 정도로 빠른 검에 몸 여기저기가 구멍이 날 판이었다.

그러나 정작 장건 본인은 별다른 표정 변화가 없었다.

장건은 쏟아지는 검의 그물이 아니라 모용전을 보고 있었다.

'뭐 하는 거지?'

장건은 모용전이 보이는 미세한 몸의 움직임에서 적잖은 불협(不協)을 느꼈다. 팔다리가 따로 노는 듯하다.

굳이 표현하자면 그의 움직임 전부가 쓸데없는 것들이었다.

모용전의 공격에는 실초가 없이 모두가 허초였던 것이다!

게다가 모용전은 장건의 사정권에 드는 것을 어려워하고 있었다. 남궁상의 검을 맨손으로 가로막은 장건의 수법을 보았으니 힘을 뺀 허초라 하더라도 끝까지 뻗어낼 수가 없었다.

금방이라도 장건의 몸에 구멍을 낼 것 같았지만 실제로는 장건의 팔이 닿지 않는 범위에서 검을 거두고 있었다.

촤라라락!

검이 공기를 가르는 소리만이 연신 울려 퍼질 뿐.

장건은 멀뚱히 서 있고 모용전은 혼자서 검무라도 추듯이 이리저리 몸을 혹사시키고 있었다.

'윽! 허초임을 알아본 건가?'

장건이 움직이든가 피하기라도 해줘야 하는데 가만히 서 있으니 허공에 삽질을 한 병신이 되고 말았다.

"제법이오!"

괜히 한마디를 내뱉은 모용전이 다시 검광을 뿌려댔다. 오후의 햇살을 가득 머금은 백색의 검이 찬란한 검광을 사방으로 퍼뜨렸다.

분광검 절초 광영신기(光影伸起)!

검광 때문에 검이 움직이는 궤적이 제대로 눈에 보이지 않는다. 왼쪽에서 나타났는가 하면 갑자기 사라졌다가 오른쪽에서 검이 나타나 다리를 베어오기도 한다.

그래도 장건은 가만히 서 있었다.

검은 장건의 근처에도 오지 않았다.

빛을 사방으로 반사하며 눈을 현혹시키는 검의 움직임을 볼 필요도 없었다.

사람을 보면 된다. 사람을 보면 그가 어떻게 하려는지 알 수 있다.

모용전은 공력을 끌어 올리고는 있었으나 그 공력이 완연히 검에까지 이르지는 않았다.

검이 머리 위에서 뚝 떨어지고 있어도 모용전의 허리와 어깨는 이미 검을 회수하는 동작에 들어가 있다. 금세 검을 거둔다는 의미다.

피할 필요가 없다. 정말로 베려 했다면 더 힘을 주어 내리치는 동작에 들어가 있어야 했다.

보통 사람이라면 구별하기 힘든 극히 미미한 동작이지만 장건의 눈을 속일 수는 없었다.

장건은 단 한 걸음도 움직이지 않았다.

모용전은 미친 듯이 사방을 오가며 수십 번의 칼질을 해댔다.

"아이고……."

"저런……."

보는 이들도 왠지 안타까워지는 순간이었다.

모용전이 열심히 허초로 유인하고 있는데 장건이 속아주지 않고 있다는 걸 그제야 알았다.

거의 분광검의 모든 초식을 허초로 사용하고 난 모용전은 기운이 쭉 빠졌다.

'망할! 어떻게 한 번도 속지를 않냐!'

이쯤 되면 비무가 아니라 분광검법의 시연을 보여준 거나 다름없는 셈이다.

가만 지켜보던 장건은 자신이 어떤 반응을 보여줘야 하나 오히려 고민스러웠다.

이런 상황은 장건도 처음이었다.

분광검은 수시로 검면을 뒤집으며 검영(劍影)을 만들어 상대로 하여금 검의 움직임을 보지 못하게 하는 수법이다. 그러나 정작 본인이 다 움직임을 드러내고 있으니 검법이 무슨 소용일까?

아마 이십 년쯤 후라면 그런 단점까지 모두 보완한 무인이 되어 있을 테지만, 지금의 모용전은 그것을 깨닫기엔 너무 젊다.

'빨리 좀 끝냈으면 좋겠는데…….'

장건은 이대로 모용전의 공격을 기다리는데 걸리는 시간과 자신이 나서서 빨리 끝내는 것, 어느 쪽이 더 이득이 될까 생각했다.

'가만히 있으면 남 보기에도 좋지 않으니 빨리 끝내자. 어차피 검술 구경도 다 했고.'

장건은 여러모로 자신이 선공을 하는 게 나을 거라고 결정을 내렸다.

막 모용전이 호흡을 가다듬기 위해 뒤로 물러선 찰나였다. 어차피 장건이 꼼짝도 않으니 잠시 물러나 몸을 추스를 생각이었다.

한데 그때 딱 장건이 걸음을 옮겼다.

스—윽.

얼음 위에서 미끄러지는 것처럼 장건이 돌연 모용전의 앞에 나타났다.

"헙!"

눈 한 번 깜박일 동안에 거의 이 장 정도의 거리를 좁히고 나타난 것이다.

모용전은 반사적으로 검을 뻗으려 했다.

'아, 아냐!'

멈칫!

모용전은 그 순간에도 장건이 일부러 자신의 공격을 유도한다고 생각했다. 단전이 비어 있어 내공을 쓸 수 없다면 차라리 그냥 공격을 맞아주는 편이 나을지도 몰랐다.

'내가 당할 줄 알고?'

모용전은 가까스로 검이 나가는 것을 멈추었다.

과연 장건의 시선이 힐끗 검을 향하다가 돌아오는 것이 보였다.

'내 생각이 맞았다!'

모용전의 생각은 반만 맞았다.

장건은 열심히 독초를 주워 먹고 빈 내공을 채웠다. 딱히 내공이 부족하지 않았다.

장건은 모용전이 끝까지 공격하지 않자 별수 없이 금강권으로 모용전의 위기를 때리기로 했다.

힘을 되돌리는 것보다 금강권의 경력을 조절하는 게 장건에게는 더 힘들지만, 어쩔 수 없는 일이었다.

장건의 몸속 근육들이 비틀렸다가 질주하는 내공과 함께 풀어지며 나선형의 경력을 만들어냈다.

모용전이 눈을 부릅떴다.

동작은 보지 못했지만 장건이 공격하려 한다는 걸 느낌으로 알았다.

'어디냐!'

장건은 전혀 예측할 수 없는 곳을 공격해 상대를 쓰러뜨린다. 특히나 철비각 종유는 아예 장건이 멀리 떨어진 상태에서 허공을 쳤는데도 나가 떨어졌다.

'보이지 않는 사각에서 빠르게 들어오는 주먹을 보고 피한다는 건 내겐 무리다. 하지만 눈을 보면 정말 공격하려는 부위

가 어딘지 알아낼 수 있어!'

 명문 문파의 제자라면 당연히 안법도 가르쳤을 것이다. 일부러 초점을 흐리게 한다거나 해서 공격의 기미를 감추는 것도 안법의 일부다. 어디를 공격하는지 정확하게는 알 수 없다. 사소하지만 이 작은 행동이 명문과 삼류 문파의 차이를 가른다.

 그러나 모용전이 노리는 건 정확한 부위가 아니었다. 단지 방향만 알아도 되는 것이다. 대충 잡아도 위아래, 좌우양옆 중 어딘지만 알아도 급한 대로 피할 수 있다.

 사람인 이상, 혹은 삼사십 년쯤 강호에서 굴러먹은 무인이 아닌 이상, 미세한 눈의 움직임까지 조절하기는 어렵다. 하나 방금 전 장건의 시선이 움직이는 것으로 보아 완벽하게 안법을 익히고 있지는 않은 것 같았다.

 모용전은 정신을 모아 장건의 눈동자를 주시했다. 장건의 주먹이 아니라 눈동자만 뚫어져라 보았다.

 흔들.
 마침내 장건의 눈동자가 움직였다.
 장건의 눈은 초점이 흐려지며 동공이 풀린 듯 넓어졌다.
 '지금이다!'
 모용전은 털끝 하나까지 신경을 곤두세우며 장건의 눈동자에 완전히 집중했다.
 그런데 이게 웬일인가!

장건의 눈이 가운데로 몰렸다가 양옆으로 벌어져 쏠리는 게 아닌가!

'헉!'

모용전은 경악하고 말았다.

'사팔이냐!'

이래서야 자신의 몸 어디를 보고 있는지 전혀 알 수가 없었다.

눈이 금방 원래대로 돌아오긴 했지만 이미 모용전의 정신은 하늘 높이 날아가 있어서 그것을 알 수 없었다.

장건의 안법은 남들과 다른 데가 있다. 내공을 아끼기 위해 필요한 때만 잠깐씩 사용하는데, 많이 익숙해지긴 했지만 순간적으로 사시가 되었다가 정상으로 돌아오는 것이다.

물론 눈동자와는 상관없이 전체적인 시야를 한 번에 담기 때문에 정상으로 돌아왔다 해도 모용전은 장건이 어디를 노리고 있는지 몰랐을 터였다.

쩡!

이어 울리는 청명한 타격음.

모용전은 오른쪽 다리에서부터 균열이 일어나는 것을 느꼈다. 다음 순간에 이미 그는 허공에 떠 있었다.

공격을 보지도 못했고 시선으로 파악하는 것도 실패했다.

공중에 뜬 채로 모용전은 절망을 느꼈다. 위기가 파괴된 상태에서의 절망감이라 평소보다도 더 지독하게 감정이 북받쳤다.

'이길 수 없다…….'

쿠당탕탕!

모용전은 자신이 생각했던 것 어느 하나도 들어맞지 않는 현실에 울분이 치밀었다.

그것도 잠시.

곧 온몸이 나른해지며 만사가 귀찮아졌다.

'이런 기분이었군…….'

자기가 지금 어떤 모습을 하고 있을지는 걱정도 되지 않았다. 그저 빨리 잠이나 한숨 자고 싶었다.

'그래도 이런 데서 잠들 순 없는데…… 에이, 아무렴 어때. 졸립구나…….'

그런 모용전을 붙들고 문사명이 다그쳤다.

"모용 형!"

"으응…… 왜 그러시오. 졸려 죽겠는데."

"무엇을 봤소?"

문사명은 심각했다.

모용전이 말을 할 상태가 아니라는 건 알지만 그래도 그에게는 중요한 문제였다.

"무엇을 봤냐니까!"

"졸린데……."

"말하지 않으면 재우지 않겠소."

"그럼 안 되는데…… 으음……."

문사명이 모용전의 명문에 대고 내공을 불어 넣었다.
한순간 모용전이 기겁을 할 듯 놀라 눈을 뜨더니 모질게 한마디 외쳤다.
"사시 권법!"
모용전은 순식간에 까무러쳤다.
몸을 보호하는 위기가 없는 상태에서 남의 내공을 받으니 충격이 어마어마했던 것이다.
문사명의 얼굴이 일그러졌다.
"사, 사시 권법?"
더 묻고 싶었으나 모용전은 이미 정신을 잃은 상태였다.
그러나 그가 무슨 말을 하려고 했는지는 대충 짐작할 수 있었다.
"결국…… 알 수 없다는 뜻이군."
모용전을 상대하면서 장건은 굳이 상대의 힘을 이용하지도 않았다. 그리고 공격의 방향을 노출시키지도 않았다.
모용전은 거의 얼이 나가 있었으니 제대로 된 말을 할 수가 없는 상황이었다. 아마도 그가 하고 싶었던 말은 '모른다' 였을 것이다.
문사명은 모용전의 상체를 안은 채 장건을 쳐다보았다.
장건이 주위를 휘휘 둘러보더니 문사명에게 물었다.
"비무 할 거예요?"
문사명은 대답 없이 장건을 보기만 했다.

차가운 바람이 문사명의 얼굴을 쓸고 지나간다.

'이길 수 있을까……?'

장건에게 무슨 일이 있었는지 몰라도 내공이 바닥난 것은 아닌 게 확실하다.

사부인 윤언강의 말도 사실과 다르다. 장건은 무려 검성의 이목을 속인 것이다.

문사명은 이를 악물었다.

'호기로만 이길 수 있는 상대가 아니다.'

종유와 상대하며 느꼈다.

장건의 수법을 완전히 파악하지 못하고서는 이길 수 없다는 것을.

자신이 그렇게 고전한 상대인 종유를 단번에 쓰러뜨린 장건이다. 백보신권인지 아니면 다른 무엇인지 모르는 저 수법을 파훼할 수 없다면 자신도 마찬가지다.

장건이 생각을 거듭하는 문사명에 물었다.

"안 할 거면 저도 이제 그만 하구요."

문사명은 씁쓸히 웃으며 천천히 고개를 저었다.

장건이 백리연과 제갈영의 환호를 받으며 돌아가는 뒷모습이 눈에 아프게 박힌다.

백리연을 따르던 청년들도 이제는 완전히 기가 죽어 있었다. 일부는 소림으로 가지 않고 아예 바로 산을 내려가 버리고 있었다.

문사명은 정신을 잃은 모용전을 내버려두고 남궁지의 앞에 가 섰다.

늘 무표정하던 남궁지가 조금은 놀랐다는 듯 문사명을 보고 있었다.

"미안하오."

"……."

"부끄럽게도 아직은 내가 이길 수 없을 것 같소."

남궁지가 고개를 한 번 끄덕였다.

문사명이 작게 한숨을 내뱉으며 말했다.

"목숨을 걸어서라도 이길 수 있다면 그렇게 했을 거요. 하지만…… 장 소협의 무공은 그렇게 사정을 봐주는 무공이 아니구려."

간혹 실력이 좀 떨어지는 무인이 목숨을 걸고 동귀어진으로 고수를 공격해 양패구상하는 경우도 있다. 운이 좋다면 고수를 이길 수도 있다.

그러나 장건에게는 그런 방법이 전혀 통하지 않는다. 장건이 가진 특이한 무공은 결코 동귀어진을 허락하지 않으니 말이다.

남궁지가 픽 하고 웃었다.

"사시 무공……."

문사명도 처연히 웃었다.

"안법을 제대로 익힌 모양이오. 모용 형이 마지막에 검까지 거두고 집중했는데도 전혀 감을 못 잡았소."
"제대로 익혔는지는…… 모르죠."
미묘한 의미의 말이었다.
문사명이 마른침을 삼키며 어렵게 말했다.
"기다려 주겠소?"
"뭘요?"
"내가…… 훗날 당당하게 소저에게 돌아가는 그날을 말이오."
"……글쎄."
"반드시 돌아가겠소. 소저에게 부끄럽지 않은 사람이 되어서."
남궁지가 문사명의 뜨거운 시선을 받았다.
인형처럼 하얀 남궁지의 볼에 아주 옅은 분홍빛이 돌았다.
"그럼…… 떠나야겠군요."
"난 곧 떠날 거요. 소저는……."
"나도요."
남궁지가 백리연과 제갈영의 사이에서 돌아가는 장건의 뒷모습을 보며 말했다.
"인연은…… 억지로 만든다고 되는 게 아니니까……."
차갑게 불어오는 겨울바람 사이로 아직 이른 봄의 따스함이 느껴지고 있었다.

*　　*　　*

 홍오가 깨어난 것은 그로부터도 한참이나 지난 후였다.
 "……쩝쩝. 응?"
 홍오는 입에 물고 있던 뭔지 모를 것의 잔존감과 더불어 느껴지는 독기에 깜짝 놀랐다.
 "에퉤퉤퉷! 이게 뭐냐!"
 황급히 입안에 있던 것들을 뱉고 재빨리 운기행공을 해 몸의 독기를 수습했다.
 내공이 깊으니 독에 심하게 중독되지는 않았지만 대단한 독기를 머금었던 모양이다. 안면이 다 얼얼하고 머리가 어질거렸다.
 심한 독기에 노출되면 내공을 운용해야 하는데, 정신을 잃은 동안 내공도 운용하지 못하고 독기가 깊이 침투해 버렸다. 급히 운기행공을 하긴 했으나 독기를 한 번에 다 몰아내지도 못했다.
 "허어!"
 홍오는 기가 찼다.
 독차나 한 잔 마실까 하고 독초를 뽑으러 나온 게 아침이었다.
 그런데 벌써 해가 중천을 넘어간 오후인 것이다.
 그 사이의 기억은 까맣다. 무슨 일이 있었는지, 자신이 무슨 짓을 했는지도 알 수가 없었다.

그리고 깨어나니 독초를 물고 있었다니…… 게다가 이 정도의 극독초를 물고 있으면서 내공도 운용하지 않고 말이다.

홍오는 굳은 얼굴로 입을 꾹 다물었다. 이건 정말로 심각한 문제였다.

건망증이 점점 심해지고 있다.

"이 내가 치매라도 걸린 건가……."

오성(悟性)을 극한까지 깨우는 고수들은 거의 치매에 걸리지 않는다. 나이가 들어 몸이 노쇠해져도 내공은 남아 있으니 그럴 일이 거의 없다.

"내가 치매라니…… 있을 수 없는 일이다. 그럴 리가 없어."

그때 홍오의 머리에 어렴풋이 어떤 기억이 흐릿하게 떠오르려 했다.

욱씬!

그 순간 머리에 지독한 통증이 왔다.

"크으윽. 내가 제천대성이라도 되었단 말이냐!"

홍오는 이를 악물고 버텼다. 흰 수염의 끝이 파르르 떨릴 정도로 힘을 냈다.

한데 스스로 한 말에 무언가가 자꾸만 연상된다.

"제천……대성?"

제천대성은 포악한 성격 탓에 삼장법사에게 금제가 되었다. 과거의 기억을 떠올리려 하면 뒤따라오는 이 통증은 마치 그

것과 비슷하지 않은가!

"설마……!"

홍오는 가부좌를 틀고 앉았다.

아무래도 이상하다.

딱히 게으름을 피운 것도 아닌데 수십 년간 무공에 발전이 없다.

우내십존이 주구장창 찾아오는데 그들에 관해 기억나는 것이 거의 없다. 심지어 사부가 열반에 드는 모습도 기억하지 못한다.

그리고 이제는 치매 현상까지.

통상적인 삶을 사는 무인이 겪을 일이 아니다. 일반인들보다 몇 배나 더 깊은 오성을 지닌 고수가 몇십 년쯤 지났다고 사부의 죽음까지도 기억하지 못할 리가 없는 것이다.

'내게 무슨 일인가가 벌어졌던 게야!'

사부 생각을 하자 머리가 깨질 듯 더 아파왔다.

그러나 그것이 오히려 홍오에게는 확신을 주었다.

홍오는 고도로 정신을 집중해 자신에 대해 관조하기 시작했다. 모든 내공을 활발히 돌려 전신의 감각을 극한까지 끌어 올리며 잊힌 기억을 떠올리려 애썼다.

평소라면 이쯤에서 이미 홍오는 정신줄을 놓아야 정상이었다.

그러나 정신을 잃고 있던 동안 체내에 극독의 기운이 오래

머물고 있었다. 특히나 독초를 입에 머금고 있어 그것이 머리에 박힌 나라밀대금침술에 영향을 끼쳤던 것이다.

"쿨럭!"

홍오는 검게 죽은 핏덩이를 한 움큼 내뿜었다. 그래도 포기하지 않았다.

빠드득!

홍오가 이를 갈았다.

흐리멍텅하던 두 눈은 일주일이나 굶은 야수의 눈빛이 되어 있었다.

"내가 이 정도에 당할 것 같으냐?"

울컥.

이번엔 선홍색의 핏덩이였다.

멀쩡한 피를 토했다는 건 몸이 망가지고 있다는 증거다. 그리고 그만큼의 강한 금제가 걸려 있다는 뜻이기도 하다.

보통 이런 금제를 억지로 본인이 풀려 하면 죽음에 이를 수도 있다.

"크윽."

홍오는 주먹을 불끈 쥐었다. 죽는 건 두렵지 않으나 아무것도 알지 못한 채 죽을 수는 없었다.

"음?"

문득 홍오는 주변이 미묘하게 변했다는 걸 알아챘다.

아침에 본 풍경이 아니다.

누군가 독초를 잔뜩 뽑아가고 빈자리를 교묘히 메워 놓았다.

"그놈이 또!"

자신의 텃밭을 어지럽히고 진법까지 펼쳐놓은 그놈이 왔다 간 것이다!

홍오는 악에 받쳤다.

"이노오오옴!"

그놈이 눈앞에 있었는데도 자신은 알아보지 못하고 정신을 잃고 있었다. 어쩌면 그놈이 자신의 입에 독초를 우겨넣었는지도 몰랐다.

얼마나 자신을 비웃었을까?

바보가 되어버린 자신을 조롱하는 그놈의 모습이 눈에 선히 떠오르는 듯했다.

이젠 더더욱 포기할 수 없게 되었다.

"어디 두고 보자."

더 무리했다가는 치명적으로 위험한 상황에 처해지게 될 것이 자명하다.

하지만 홍오는 더 세게 이를 악물었다. 눈빛은 더 매서워졌다.

자존심 하나 빼면 시체나 다름없는 홍오다.

다른 누군가에 의해 자신이 우습게 여겨진다는 것은 있을 수 없는 일이었다.

"쿨럭."

홍오는 세 번째로 선홍색의 피를 토하고 나자 오히려 기뻐했다. 자신이 점점 더 진실에 접근하고 있기에 금제가 반발하는 것이 느껴졌다.

"무지막지한 금제로구만. 그래, 누가 이기나 한번 해보자고! 내가 죽나, 네가 이기나!"

홍오는 극도로 정신을 집중해 하나씩 과거를 끄집어냈다.

어디엔가 있을 것이다.

그 일을 기억하지 못한다면, 언제 그 일이 벌어졌는지 시기를 알 수 있을 것이다.

하나씩, 하나씩…….

어렸을 때의 기억은 또렷하다.

사부를 만나 소림에 들어오고 무공을 배우던 때의 기억이 생생하다.

무공에 대해 좀 알게 되면서 사부와 의견 대립이 있었고 자신만의 길을 찾기 위해 강호행을 떠난 것도 기억한다. 강호행을 하며 윤언강을 제일 먼저 만났고 이후 여러 일들을 겪으면서 하나 둘씩 지금의 우내십존들을 알게 되었다.

그리고…….

퍽!

관자놀이 부근에서 무언가 터지는 소리가 나며 피가 흘러내렸다.

"낄낄."

홍오는 피를 닦을 생각도 하지 않고 웃었다.

통증은 지독했지만 그 통증이 홍오의 무시무시한 집착까지 막을 수는 없었다.

"그때부터로구만."

하지만 그때의 일을 더 이상 기억하는 건 무리다. 이미 몸이 한계를 넘어서서 눈까지 먹먹해졌다.

그래도 포기하지는 않았다. 이대로 정신을 잃고 나면 다시 깨어났을 때 어떠한 금제가 있다는 사실조차 잊을지도 몰랐다.

그것만은 막아야 했다.

홍오는 크크 대고 웃었다.

"그때를 기억하지 못한다면……."

홍오의 눈이 빛났다.

"그때로 다시 돌아가 주마!"

제9장

고현과 북해의 이야기

휙 휙!
귓가로 바람이 칼날처럼 스쳐간다.
고현은 마음을 다스리려고 해도 절로 조급해지는 자신을 발견했다.
무려 이십 년이란 세월이 지났음에도 그의 가슴에 응어리진 한은 사라지지 않았다.
'아버님, 어머님……'
고현은 날듯이 달리면서 회상에 잠겼다.

그가 태어난 귀주의 고가장은 대대로 부유한 집안이었다.

지역 유지인 부친의 덕에 고현은 제법 괜찮은 선생에게서 학문을 배우기도 했었다.
 가족들은 건강했고 가문은 평온했다. 그때 그 일만 벌어지지 않았더라면 고현은 지금쯤 아리따운 부인과 결혼하여 가정을 이루고 평범하게 살았을지도 몰랐다.
 그러나 그가 스무 살이 되기 전, 끔찍한 일이 벌어지고 말았다.
 고가장 인근에 새로운 방파 하나가 생겼는데, 그 방파에서 고가장의 재산을 탐내 일을 벌이고 만 것이다.
 어느 날 밤인가 부친이 피에 절어 돌아왔다. 부친의 말에 의하면 집과 땅을 모두 넘기라 협박을 당했다 했다. 심한 고문을 당했는지 부친은 숨이 겨우 붙어 있는 상태였다.
 고현은 사태가 심상치 않음을 깨달았다. 무림인들에게 폭력과 살인은 예삿일이었다. 그대로 있다가는 정말로 큰일이 벌어질 것 같았다.
 부친의 말을 듣자마자 고현은 고가장을 나와 근처에 있는 무림문파들을 찾아다녔다. 돈은 얼마든지 내어 줄 테니 도와달라 요청을 한 것이었다.
 그러나 집으로 돌아갔을 때, 이미 고가장은 불에 타고 있었다.
 도움을 청하러 나온 고현만이 살아남았을 뿐, 살아있는 가족은 아무도 없었다. 오십여 하인들과 이십여 가족 모두가 싸늘한 주검이 되어 있었다.
 게다가 장자인 고현이 살아있음을 알게 된 악적들은 고현을 쫓기까지 했다. 그가 살아있는 한 고가장의 재산을 완전히 수중에 넣기 힘들었기 때문이다.
 제대로 된 도움을 받기도 전에 고현은 쫓기는 신세가 되었다. 무림인을 상대로 달아나는 것은 결코 쉬운 일이 아니었다.
 고현은 삼 일을 아무것도 먹지 않고 잠까지 거르며 달아났으나 결국 이곳 묘아산에서 그들에게 따라잡히고 말았다.
 악적들에게 죽느니, 스스로 죽어 원귀가 되겠다며 절벽에서 뛰어내렸다.
 그리고 구사일생으로 절대고수의 기연이 남겨진 동굴에서 깨어났던 것이다. 깨어난 고현은 복수를 위해 그곳에 남겨진 각종 영약들과 천룡검법을 수중에 넣고 천룡검문의 삼십사 대 후계자가 되었다.
 그렇게 이십 년.
 각고의 노력 끝에 그는 절정의 고수가 되어 동굴을 뛰쳐나온 것이다.

 고현은 허리춤에 걸어 맨 천룡검의 손잡이를 힘주어 잡았다.
 가족을 해치고 자신까지 죽이려 한 그들을 다시금 되새기며 복수의 일념을 불태웠다.

'흑룡방(黑龍幇)!'

돈이 되는 것이라면 무엇이든 한다는 악질적인 무리였다. 당시 강호를 뒤흔들던 신흥세력 중 가장 손꼽히는 방파이기도 했다.

이십 년 전에 달아나며 안 사실이었으나, 고가장을 습격한 것은 흑룡방 총단의 지원을 받아 귀주 지부에서 벌인 일이었다.

급속히 세력을 넓히던 중에 귀주에까지 손길을 뻗었는데 그 와중에 고가장이 휩쓸린 셈이다.

'우선은 귀주, 귀주의 지부장인 귀살도(鬼殺刀) 엄척!'

한쪽 눈에 칼자국이 있는 그의 소름끼치는 얼굴을 고현은 아직 기억한다. 그를 마지막으로 보며 절벽에서 뛰어내렸으니 잊으려야 잊을 수가 없었다.

그가 어디로 갔든 고현은 지옥 끝까지라도 그를 쫓아가 죽일 자신이 있었다.

'그리고 흑룡방! 다음에는 너희들 차례다! 악의 무리들은 한 놈도 남겨두지 않겠다!'

고현은 다짐하고 또 다짐하며 산의 능선을 거침없이 달렸다. 복수를 하고 천룡검문을 되살려야 한다는 막중한 사명이 그를 재촉했다.

경공을 전개하며 꼬박 하루 밤낮을 달렸는데도 고현은 조금도 지치지 않았다.

귀주의 성내가 멀리에 보였다.

벌써 하늘은 어둑했다.

"피를 뿌리기 좋은 날씨로군."

두근대는 가슴을 겨우 진정시키며 고현은 가볍게 뛰어 성문에 도착했다.

'내 고향에 돌아왔으니 어찌 도둑처럼 성벽을 넘어갈 수 있겠는가.'

지금의 고현은 아무것도 두렵지 않았다. 이것이 자신의 복수를 알리는 첫 신호가 될 것이었다.

고현은 당당한 걸음으로 성문을 향해 걸어갔다.

검문을 하고 있던 몇 명의 포쾌가 고현을 쳐다보았다. 옷차림이 거지꼴이라 눈에 뜨일 수밖에 없었다. 그러나 안광이 형형하며 허리에는 고검까지 차고 있으니 무림인이라는 건 대번에 알 수 있었다.

포두인 듯 보이는 중년의 남자가 다가와 고현에게 말했다.

"처음 보는 놈이구나. 어디서 왔느냐? 호패를 보이거라."

호패는 오래전 추격자들을 피해 달아날 때 잃어버렸다.

하지만 고현은 가슴을 펴고 대답했다.

"호패는 잃어버렸소."

"뭐? 그런데 뭐 이렇게 당당해?"

"하지만 예전에 이곳에 살았으니 날 기억하는 사람들이 있을 거요."

"그걸 누가 믿어?"

"시내에서 푸줏간을 하는 정 씨나…… 갑수루의 주인 량 씨에게 고가장의 장남이 돌아왔다고 하면 알 것이오."

"거짓말하는 놈이 어디 한둘인 줄 알아?"

포두가 인상을 쓰고 손을 내밀었다.

고현은 '뇌물을 달라는 뜻인가?' 하고 생각했다.

'전에도 뇌물이 만연하기는 했으나 이렇듯 대놓고 달라 할 줄이야.'

호패가 없으면 여러모로 골치가 아파질 수 있다. 할 수 없이 고현이 아기 주먹만 한 금덩이를 꺼내 그중 삼분의 일 정도를 뚝 떼었다.

금덩이를 두부처럼 뚝뚝 떼는 것은 놀라운 일이다. 곧 포두의 손에 금덩이를 올려주자 포두의 눈이 휘둥그레졌다. 포두는 금덩이와 고현을 번갈아 보더니 재빨리 금덩이를 소매에 넣었다.

그리고는 다시 손바닥을 내밀었다.

고현의 표정이 일그러졌다.

'관이 썩었구나.'

그러나 어쩔 수 없는 일.

고현이 남은 금덩이의 반을 똑 떼어 포두의 손에 올려 주었다.

포두는 금덩이를 또다시 소매에 넣었다. 곁에 있던 포쾌들의 얼굴에는 부러움과 놀라움이 연신 교차하고 있었다.

스윽.

"또?"

포두가 손을 내민 것을 보고 고현은 자기도 모르게 말을 내뱉었다.

다음부터는 금덩이를 쪼개놓고 다녀야겠다고 생각하며 고현이 남은 금덩이를 모두 주었다.

포두는 그것마저 챙기고는 이제 고현에게 남은 것이 없다 생각했는지 '쯧쯧' 하고 혀를 찼다.

"이것 말고 허가증을 내놔 봐."

"허가증?"

고현이 어리둥절해 하며 물었다.

"호패는 없다 하지 않았소?"

"호패 말고 허가증 말일세. 허가증!"

"무슨 허가증이오?"

고현의 목소리가 높아졌다.

"호패가 아니라 또 다른 것을 빙자해서 돈을 뜯어내려는 것인가!"

워낙 공력이 깊어 목소리가 포두에게는 천둥처럼 들렸다. 포두가 어깨를 움츠리며 뒤로 물러났다. 이미 금덩이를 손으로 뗄 때부터 보통의 무림인이 아니라는 건 알고 있었다.

"아니, 그게 아니라…… 그 칼. 칼의 허가증 말이오."

포두가 고현의 허리에 찬 천룡검을 손가락으로 가리켰다.

"칼의…… 허가증? 그런 것도 있소?"

포두가 어리숙해 보이는 고현의 말에 기운을 냈다.

"아니? 이놈이 허가증도 없이 칼을 가지고 다닌단 말이야!"

그러자 나이 많은 한 포쾌가 포두를 말리며 말했다.

"보아하니 어디 산에서 오래 수련하다가 나왔는가 보오? 나이는 젊어 보이는데……."

"꽤 오래 되었소."

그제야 포두와 포쾌들이 고개를 주억거렸다.

"그랬구만."

고현은 포두와 포쾌들이 무슨 말을 하는지 몰라 잠시 머뭇거렸다.

나이 많은 포쾌가 말했다.

"젊은 양반. 무기를 지니고 다니려면 허가증을 지녀야 하네. 무림인이든 누구든 관원이 아니면 함부로 무기를 지니고 다닐 수 없다네."

"그런 법이 어디 있소! 그럼 모든 무인들이 다 허가증을 지니고 있단 말이오?"

"그렇다네."

당황한 고현이 되물었다.

"이곳만 그런 거요, 아니면 전 중원에서 다……."

"황제 폐하의 은혜가 닿는 모든 곳에서 통용되는 법이라네."

고현은 어이가 없어 말을 잇지 못했다.

'내가 산에서 오래 있었다고 우습게보고 장난을 치는 건가?'

고현이 다시 물었다.

"좋소. 그럼 허가증을 받으려면 어떻게 해야 하오?"

포두가 대답했다.

"여기서 제일 가까운 데가 화산파 귀양 지부니까 그곳에 가서 면담을 받아. 거기서 증명서를 받아 오면 우리가 정식으로 허가증을 발급해주지."

"화산파?"

"화산파가 싫으면 개양의 무당파도 있고. 소림사는……."

옆에서 한 포쾌가 말했다.

"소림사 지부는 한참 전에 문 닫았는데요."

"아, 그랬나?"

"좀 멀긴 하지만 안순에 가면 당가의 지부가 있죠."

고현이 칼의 손잡이를 잡았다.

철컥.

포쾌들이 놀라서 창을 비껴 쥐고 주춤거렸다.

고현이 노한 목소리로 말했다.

"나는 천룡검문의 제자요. 문파의 보검을 어디의 누구에게 보이고 허락을 맡아야 한단 말이오!"

"네, 네가 지금 역모를 꾀하려느냐! 허가증도 없이 무기를 보란 듯 들고 다니는 건 역모죄야!"

 포두의 말이 고현을 자극했다. 나이 많은 포쾌가 나서서 달랬다.

"잠시만. 오해가 있는 모양인데…… 우선 진정을 하게."

"내 문파의 물건을 남에게 허락받아야 한다는데, 내가 어떻게 진정을 하겠소!"

"이보게 젊은이."

 나이 많은 포쾌가 고현과 시선을 마주치자 안타깝다는 얼굴로 고개를 저었다.

"얼마나 산속에 오래 있었는지는 모르나 오래 전에 세상이 바뀌었어."

 그 한마디가 묘하게 울리며 고현의 심장을 내려앉게 만들었다.

"거짓말!"

"거짓말이 아닐세. 내일 날이 밝을 때에 다시 보면 알게 될 걸세."

"그럼 흑룡방은!"

 포쾌와 포두들이 서로를 마주 보며 고개를 흔들었다.

"흑룡방?"

"흑룡방이 뭐야?"

"내가 여기에서 십 년을 있었지만 그런 이름은 처음인데? 포두님은 아시오?"

"나도 모르겠는걸. 나도 여기 발령받은 지 한 오 년밖에 안 돼서."

나이 많은 포쾌가 갸웃거리다가 '아!' 하고 나지막한 탄성을 흘렸다.

"아아, 그 흑룡방?"

고현이 황급히 물었다.

"아시오?"

"알지. 아주 오래전이라 기억이 가물거리긴 한데…… 꽤 큰 사파였지 아마?"

"그렇소. 아주 패악한 일당들이었소. 어디 있소? 그놈들 지금 어디 있는지 아시오?"

고현은 눈을 부릅떴다. 어디에 있는지 알기만 한다면 허가증이고 뭐고 당장 달려가 작살을 내버릴 심산이었다.

나이 많은 포쾌가 고현의 기세에 사뭇 움츠러들며 말을 더듬었다.

"그러니까 그게……."

"당장 말하시오!"

"이 사람아, 무슨 사연인지 몰라도 일단 좀 진정을……."

쨍!

어느 샌가 고현이 천룡검을 뽑아 들었다.

낡은 검집과 달리, 천룡검은 새하얀 검신에서 맑은 황금빛을 내고 있었다.

"히익!"

포쾌들이 놀라 창을 뻗었다.

그러나 고현은 벌써 나이 많은 포쾌의 뒤로 돌아가 있었다.

"어, 어느새!"

"움직이는 걸 보지도 못했는데!"

고현은 자신을 향한 감탄 따위는 듣고 싶지도 않았다.

"당장 말하라고 했소!"

"그, 그러니까……."

나이 많은 포쾌는 고현의 눈치를 보다가 결국 한숨을 내쉬며 입을 열고 말았다.

"망했네."

"……."

고현은 자신의 귀를 의심했다.

"뭐라고?"

"망했다고."

"그럼 엄척은!"

"엄척?"

"귀살도 엄척! 흑룡방의 귀주 지부장인 귀살도 엄척!"

"그것까지는 잘 모르겠네……."

"이이이익!"

더 이상 참을 수가 없었다.

고현은 울부짖으며 땅을 박차고 뛰어 올랐다.

"으아아아아!"

허공으로 뛰어올랐나 싶더니 빛살처럼 쭈욱 신형이 늘어지며 순식간에 고현의 모습이 눈앞에서 사라졌다. 포두와 포쾌들은 후들거리는 다리에 힘을 주며 억지로 섰다.

"무, 무지막지하구만."

"산에서 대체 몇 년을 있었기에……."

"놀라지만 말고 빨리 돌아가자! 상부에 보고 해야 돼!"

"아, 알겠습니다."

포두와 포쾌들은 허둥거리며 관으로 돌아갈 채비를 했다.

나이 많은 포쾌가 잠시 걸음을 멈추더니 고개를 돌리고 고현이 사라져간 방향을 보았다.

그의 입에서 긴 한숨과 탄식이 새어나왔다.

"가끔 세상 돌아가는 물정도 모르고 산에서 수련만 하던 무인들이 종종 튀어 나와서 이렇게 애를 먹인다니까."

* * *

고현은 망연자실해 주저앉아 있었다.

불에 탄 고가장이 있던 집터는 남의 집이 들어서 있었고, 흑룡방의 지부가 있던 자리는 폐허가 된 공터만이 남아 있었다.

고현은 허탈한 마음에 쉽사리 자리를 떠나지 못했다. 잡초가 무성한 공터에 서서 멍하니 하늘만 바라보았다.

밤을 꼬박 지새우고 멀리서 아침 동이 터올 때까지 고현은 움직일 줄을 몰랐다.
"망했다니……."
이십 년 동안 무엇을 위해 그렇게 수련을 했던가.
그 복수할 대상이 없어지고 말았다.
"아니야. 귀살도 엄척은 살아있을 거다. 당시에도 대단한 고수라고 했었지. 그리고 흑룡방주 역시 열 손가락 안에 드는 절정의 고수였고. 그들은 어딘가에 반드시 살아있을 거다."
고현은 이를 악물었다.
"반드시 찾아내 죽인다. 죄 없이 죽어간 이들의 영전에 너희들의 목을 바치고 말 것이다!"
그때 고현의 민감한 귓가에 누군가의 희미한 발자국 소리가 들려왔다.
"고현…… 도련……님?"
"아!"
긴 세월이 흘렀지만 지났지만 여전히 귀에 익은 목소리였다.
"푸줏간 정 씨!"
당시 삼십 대였던 정 씨는 이제 중년을 넘어서 있었다. 그가 고현을 보고 놀라움을 금치 못했다.
"세상에…… 포쾌들이 집에 들이닥치고 난리가 나서 혹시나 했는데…… 정말로 돌아오셨군요. 하나도 변하지 않고…… 얼굴이 예전 그대롭니다."

고현은 그가 너무 반가웠다.

그러나 지금은 인사나 나누고 있을 때가 아니었다.

"정 씨. 대체 흑룡방은 어찌된 겁니까?"

"보시다시피…… 망했습니다."

"그놈들 있는 곳을 안다면 알려주십시오. 내 하나도 빠짐없이 찾아가 복수를 하겠다는 생각으로 이십 년을 견디며 살았습니다."

정 씨가 고개를 끄덕거렸다.

"괜찮습니다. 이제 다 끝났어요."

고현은 또다시 가슴이 덜컥했다.

"끄, 끝났다니. 뭐가 끝났단 말입니까?"

"흑룡방은 하나도 남김없이 다 잡혔다구요."

"잡혔……다고요?"

"흑룡방뿐 아니라 사파 놈들 전체를 정파와 관이 힘을 합쳐서 싸그리 소탕했답니다. 운 좋게 살아난 놈들은 죄다 관가에서 옥살이를 하고 있지요. 예. 그러니까 걱정하지 마세요, 도련님."

"……"

"여기 귀주 지부 놈들도 정당하고 지엄한 법의 심판을 받아 투옥되거나 사형당했답니다."

고현은 머리를 한 대 맞은 듯 멍해졌다.

"정당한 법의 심판……?"

힘없이 떨리는 목소리로 물었다.

"그럼 흑룡방주나…… 귀살도 엄척은……."

"흑룡방주는 우내십존의 손에 목숨을 잃었고 귀살도는 옥중에서 병사했습니다. 그놈이 시체로 감옥에서 나오던 날 제가 직접 가서 거적에 침을 뱉어 줬으니 똑똑히 기억하고 있지요."

"하하하…… 정당한 법의 심판이라……."

"그렇습니다. 고가장의 식솔들, 그리고 도련님의 부모님들께서도 하늘에서나마 원을 푸셨을 겝니다."

"그렇겠지요…… 정당한 법의 심판을 받아서요……."

"예예, 아무렴요."

흐뭇한 얼굴로 눈물까지 글썽이며 고현을 바라보는 정 씨와 달리 고현은 온몸에 기운이 하나도 없었다.

"술을…… 마시고 싶군요."

"제가 누추하지만 저희 집으로 모시고 싶었는데 관아에서 또 언제 들이닥칠지 몰라서……."

정 씨는 품에서 짚으로 엮은 술병 두 자루를 꺼냈다.

"한 병은 지금 드시고 한 병은 부모님께 들고 가시지요."

고현은 숨도 쉬지 않고 병을 단숨에 들이켰다.

벌컥벌컥.

"크으으."

술 한 병을 비워버린 고현이 애써 눈물을 참으며 먼 하늘을 바라보았다.

'보통은…… 보통은 이렇게 끝나는 게 아니지 않나?'

그러나 얄궂은 하늘은 대답이 없었다.

"이제 슬슬 가셔야 합니다. 아마 관에서 이곳도 찾아낼 겁니다. 그 전에 부모님의 묘소에는 가 보셔야지요."

"알겠소."

부모의 복수를 하고 천룡검문의 이름을 알리겠다며 청운의 큰 뜻을 품고 출도하였다.

그러나 이제는 갑자기 관에 쫓기는 신세가 된 자신의 처지가 하염없이 서글프기만 하다.

주루룩.

결국 슬픔이 가득 차오른 고현의 눈에서 눈물이 흘러내리고 말았다.

"크흑…… 무슨 놈의 세상이……."

* * *

북해(北海).

지독히도 추운 냉기가 일 년 내내 극한의 추위를 만들어 내는 곳.

북해라는 지명은 여러 곳에서 쓰이고 있긴 하나, 정말로 사람이 살아갈 수 없을 정도로 추운 곳은 단 한 군데뿐이다.

바로 북해빙궁, 혹은 중원에서 북해마궁이라 부르는 곳이다.

온통 빙설(氷雪)로 뒤덮인 새하얀 평원과 군데군데 솟아오른 참예한 봉우리들 가운데에 빙궁이 자리하고 있었다.

일반적인 성의 외형은 확실히 아니었다. 얼어붙은 산의 중턱 곳곳에 굴을 파고 외벽에 반쪽짜리 부조상들을 새겨두었다. 석상들의 모습이 하나같이 중원에서 보기 힘든 괴기한 신상(神像)이라 어딘가 모르게 서늘한 느낌이 든다.

그 안쪽에는 들어가 보지 않고는 상상도 할 수 없는 거대한 공간이 있다.

벽을 파 만든 수많은 부조 형태의 전각들.

그곳이 바로 북해빙궁이었다.

"으음."

일만 북해빙궁 주민들의 주인이자 절정의 고수인 궁주 야일첨은 수하의 보고를 받고 깊은 침음성을 흘렸다.

중원에서 보내온 서한이다.

중원과는 거의 왕래가 없으나 밀정에게서는 끊임없이 새로운 보고가 올라온다.

그중에서도 최근 야일첨의 심기를 불편하게 만드는 것은 다름 아닌 소림의 소식이었다.

소궁주이자 맏이인 야운이 보고 서한을 읽고 말했다.

"아무래도 심상치가 않습니다, 아버님."

"나도 그렇게 생각한다. 소림에 우내십존 중의 몇이나 와 있고, 중소문파의 실질적인 후계자들이 대거 와 있다는 것은…… 결코 범상한 일이 아니다."

"그렇습니다. 밀정이 보내온 소식에 의하면 소림이 다원을 개설해 강호인들을 초청했다고, 말도 안 되는 핑계를 댄다 합니다."

"지나가던 개가 웃을 일이지."

백발노인이 되었음에도 아직까지 거구를 유지하고 있는 야일첨이 코웃음을 치며 책상 위에 놓인 서한들 중 하나를 집어들었다.

"여기에는 소림이 먹고살기 힘들어 화원을 차렸다는구나. 중들이 꽃을 팔아? 어디서 이런 헛수작을……."

야일첨을 닮아 거대한 체구를 가진 야운이 성실히 대답했다.

"무언가 꿍꿍이가 있는 것이 틀림없습니다. 그렇지 않고서야 이리저리 헛소문을 퍼뜨릴 일이 있겠습니까?"

"꿍꿍이라…… 너는 그것이 무어라 생각하느냐?"

"아무래도 며칠 전 중원에서 온 자가 본궁에 잠입하려다가 실패한 것과 관계가 있지 않은가…… 소자로서는 조심스럽게 추측해볼 따름입니다."

야일첨의 얼굴이 일그러졌다.

중원 무림의 실세라 할 수 있는 우내십존과 중소문파들이 모두 소림에 모였다.

 그리고 중원에서 북해빙궁으로 간자를 파견했다.

 이것이 의미하는 바는 너무도 분명한 것이다. 세 살 먹은 아이라도 둘 사이의 연관성을 모를 리 없다.

 하물며 예전부터 사이가 좋지 않았던 중원 무림과 북해빙궁과의 관계를 알고 있는 자라면 더욱 말이다.

 야일첨이 참지 못하고 방 안을 서성였다.

 "그자는 아직 입을 열지 않았다 하더냐?"

 "워낙 지독한 놈이라 아직 입을 열지 않고 있습니다."

 "아무래도 안 되겠다. 이것은 본궁의 사활이 걸린 일이다. 내가 직접 심문해야겠다. 놈을 이리 데려오너라."

 "예."

 야운이 시종에게 야일첨의 말을 전했다.

 곧 온몸이 피투성이가 되어 산발을 한 청년이 야일첨의 앞으로 끌려왔다.

 야일첨이 무릎 꿇린 피투성이의 청년을 보며 말했다.

 "내가 누군지 아느냐?"

 모진 고문을 당했는지 몰골이 말이 아님에도 청년의 눈빛은 생생했다.

 "북해의 주인……."

 "그렇다."

야일첨이 스산한 살기를 뿜어냈다.

"나는 북해의 주인이다. 그럼 너는 누구냐?"

"……."

청년은 입을 다물었다.

야일첨의 억센 손이 청년의 머리 위로 올라갔다.

"같은 얘기를 여러 번 묻지 않겠다."

"날 죽여라! 내 입에서는 결코 한마디도 들을 수 없을 것이다!"

"너는 어디에서 온 첩자냐?"

"대답하지 않겠다!"

야운이 곁에서 윽박질렀다.

"감히 뉘 앞이라고 거부하는 것이야!"

야일첨이 코웃음을 쳤다.

"내버려 둬라. 말하지 않고는 배기지 못하게 해 주마."

야일첨이 공력을 끌어 올렸다. 극한의 추위 속에서 연마한 북해의 무공은 중원의 것과 궤를 달리한다.

쩌적.

청년의 머리에 가볍게 손을 얹었을 뿐인데, 청년의 이마에서 흘러내리던 피가 그대로 얼었다.

"크윽!"

청년이 신음을 삼켰다.

눈동자가 점차 뿌옇게 흐려졌다.

"본궁의 신공은 산사람을 얼릴 수도 있지. 그리고 특정 부분만 얼리는 것도 가능하다. 이를테면 눈이라거나……."

"크, 크아아악!"

청년이 발버둥을 치려했으나 몸을 꼼짝달싹할 수가 없었다. 이미 온몸에 서리가 내려앉아 있었다. 몸 안에 얼음 가시가 들어와 헤집는 듯한 극심한 고통을 느끼며 청년이 까무러쳤다.

야일첨이 손을 떼었다.

"깨워라."

야운이 혼절한 청년의 혈을 짚어 강제로 정신을 들게 만들었다.

"으…… 으으, 내 눈이……."

청년은 얼어버린 입술로 더듬거리며 자신의 얼굴을 매만졌다. 몸이 얼면 감각마저 둔해져 고통이 없어야 하는데 고통은 여전했다. 마치 수천 개의 날카로운 바늘로 동시에 후벼판 듯했다.

독한 수련을 통해 어지간한 고문에는 버틸 수 있는 청년이었지만 단번에 혼절할 정도의 고통은 당해본 적이 없었다.

"중원에 분근착골이라는 수법은 산 채로 얼어버리는 본궁의 한빙장(寒氷掌)이 주는 고통에 비하면 아무것도 아니지. 어떠냐. 더 버텨보겠느냐?"

"으으……."

"어디서 왔느냐."
청년은 몸을 사시나무처럼 떨며 대답했다.
"사…… 사천에서 왔소."
"사천?"
야운이 끼어들었다.
"사천의 어디냐!"
"다, 당문이오."
"사천당가?"
"그, 그렇소."
야일첨과 야운이 서로를 잠시 마주보았다.
"당가에서 왜 본궁에 첩자를 보냈느냐."
"그것은……."
청년은 이제 포기한 듯 털어놓기 시작했다.
"나, 나라밀대금침술 때문이오."
"나라밀대금침술을 왜!"
"그것까지는 잘 모르오…… 다만 과거 소림의 문각선사께서 그것을 얻어 가셨는지…… 본인은 그것을 확인하려고만 했을 뿐이오."
"문각!"
야일첨은 경기에 걸린 듯 소리를 질렀다.
어찌 그 이름을 잊을 수 있을까!
그러나 이유를 잘 알지 못하는 야운은 눈만 멀뚱히 뜨고 야일첨을 볼 뿐이었다.

 야일첨이 몇 번 더 다그쳤지만 청년이 알고 있는 것은 그게 전부였다.

 야일첨은 청년을 물러가게 하고 야운과 독대했다.

 "대체 왜 그렇게 놀라셨습니까?"

 야일첨은 꽤나 놀랐는지 호피를 드리운 의자에 깊숙이 몸을 파묻었다.

 "너는 문각이 누군지 아느냐?"

 야운이 적개심을 드러내며 대답했다.

 "본궁의 오랜 숙원을 방해한 천하오절 중의 한 명이 아닙니까. 그때 입은 피해로 본궁이 이렇게 오랫동안 북해에 발이 묶이게 되었다 들었습니다."

 "그렇다. 우리에게는 철천지원수와도 같은 자다."

 "그런데 그자와 나라밀대금침술이 무슨 관계가 있습니까? 본궁에 그런 금침술이 있었습니까?"

 "나라밀대금침술은 피시술자를 시술자의 임의대로 조종할 수 있는 서장의 비술이다. 그러나 그 침술을 시행하려면 반드시 필요한 것이 있다."

 "설마······."

 "그래. 본궁의 신물인 빙정석(氷晶石)이 있어야 한다. 피시술자를 가사상태로 빠뜨림과 동시에 체온을 한계까지 낮추는데 빙정석을 사용한다. 그러지 않으면 나라밀대금침술은 실패할 가능성이 매우 높지."

"소자는 그런 얘기를 처음 듣습니다."

"무리도 아니지. 나도 문각선사가 찾아왔을 때 처음 들었으니. 아주 오래전에 조사께서 빙정석과 나라밀대금침술을 서로 맞교환한 적이 있다고 했다."

야일첨의 목에 핏대가 생겨났다. 그때의 악몽이 되살아난 까닭이었다.

"당시 본궁은 천하오절에 의해 크게 패퇴한 후, 전열을 다시 정비하던 시기였다. 나도 아버님께 누가 되지 않기 위해 미친 듯 무공을 연마하던 때였지."

"그런데……"

"갑자기 소림에서 문각선사가 찾아왔던 거다. 그것도 단신으로."

야운이 소리를 높였다.

"우리와 원수지간인 걸 알면서 혼자 찾아왔단 말입니까?"

"그렇다. 나라밀대금침술과 빙정석을 요구하기 위해 찾아왔던 거다."

"그걸 그냥 내버려 뒀습니까?"

야일첨이 부르르 몸을 떨었다.

"다 쓰러졌다."

"……네?"

야일첨은 입술까지 질끈 깨물었다.

"언제라도 중원을 정복할 수 있다고 생각했는데, 문각선사 그 한 사람에게 본궁의 고수들이 줄줄이 패배하고 말았다. 그것도 아버님과 내 눈앞에서."

야운이 입을 쩍 벌리고 다물지 못했다.

"단 일합이었다. 일합 만에 본궁의 고수들이 더 이상 문각선사의 권을 받아내지 못하겠다고 스스로 패배를 시인하며 물러났다."

"아……!"

야운의 다리가 후들거렸다.

"주, 중원의 무공이 그렇게나 강하단 말입니까."

"중원의 무공이 강한 것이 아니라 소림의 무공이…… 아니, 문각선사의 무공이 대단한 것이었다. 단 한 방울의 피도 흘리지 않고 본궁의 고수들을 무력하게 만들었으니. 우리와는 완전히 상극인 무공인 셈이었다."

"그래서요? 설마하니 그 한 사람에게 본궁이 무너졌다는 말씀은 아니겠지요?"

"그럴 리야 있겠느냐. 하지만 계속 싸움을 진행시킬 수도 없었다."

"하여 나라밀대금침술과 빙정석을 고스란히 넘기게 된 겁니까?"

"그냥은 넘기지 않았다."

꿀꺽.

야운이 마른침을 삼켰다.

야일첨이 계속해서 말을 이었다.

"그러나 문각선사를 쓰러뜨릴 수도 없었다. 결국 아버님께서는 나라밀대금침술과 빙정석을 넘겨주는 대가로 다른 것을 요구했다."

"그, 그게 뭡니까?"

"문각선사의 목숨! 아버님의 입장에서는 그리 필요하지도 않은 나라밀대금침술과 눈엣가시와도 같은 고수의 목숨을 바꾸는 것이 더 이득이라 생각했던 게지."

"설마하니…… 그만한 고수가 자신의 목숨을 그냥 내줄 리도 없고……."

"아니. 내줬다. 문각선사는 호신강기도 일으키지 않고 아버님의 일장을 몸으로 받았다. 당장에는 죽지 않고 일주일이 지나면 죽을 수밖에 없는 절명장(絶命掌)이었는데, 워낙 문각선사의 공력이 심후해 한두 달 정도를 더 버틴 모양이다. 문각선사가 중원으로 돌아간 후 몇 달 지나서야 소림에서 입적했다는 소식을 들었지."

"정말이지, 엄청난 고수였군요."

야일첨이 눈살을 찌푸리며 말했다.

"본궁의 입장에서는 지극히 다행스러운 일이었다. 더구나 문각선사의 독문 무공이 그 제자에게 전해지지도 않았다는 것은 참으로 다행이었지. 네 할아버님의 판단이 현명했던 거다."

"소림이 그렇게 고수와 무공을 동시에 잃어서 그간 힘을 펴지 못했던 거……."

야운이 말을 하다 말고 경악했다.

"지난번 보고에 의하면 소림에서 문각선사의 진전을 이은 제자가 나왔다고 하지 않았습니까!"

"그러니까 내가 놀랐던 것이다."

야일첨이 이를 빠득 갈았다.

"본궁과는 상극인 문각선사의 무공이 후예에 의해 되살아났고, 소림에 전 무림인들이 모여들었다. 그리고 사천의 당가에서는 우리조차도 잊었던 나라밀대금침술을 들먹인다. 이게 무엇을 의미하겠느냐!"

야운의 경악이 더욱 짙어졌다.

"나라밀대금침술…… 아니, 문각선사의 죽음을 빌미로 중원 무림이 본궁을 핍박하려는 속셈이었군요! 다원이니 화원이니 했던 것은 그것을 감추기 위함이었구요!"

야일첨이 발을 굴렀다.

쾅!

바닥이 깨져나가며 파편이 튀었다.

"이 더러운 중원 놈들! 본궁이 중원에 발을 들이지 않은 지근 육십 년도 더 되었다. 그런데 이제 와서 자신들의 무력을 과시하려는 것이다!"

"이런 나쁜 놈들!"

야운이 피가 나도록 주먹을 쥐며 소리쳤다.

"아무리 할 일이 없어도 그렇지, 왜 조용히 잘 살고 있는 우리를 건드린답니까!"

그렇다.

중원은 할 일이 없다.

우내십존이란 강자가 등장한 이후 내내 그래왔던 것처럼 중원 무림은 평화로웠다.

호사가들에게는 지루할 정도로 평온한 강호였다. 사파의 고수 누구를 때려잡았다느니, 마두가 대학살을 일으켰다느니 하는 일조차 거의 일어나지 않았다.

사파가 거의 궤멸되었기 때문이다.

물론 사람 사는 세상이니 악인(惡人)이 없지는 않았다. 하나 악인은 있으되 그의 악행이 무림을 진동시킬 정도는 아니었다.

힘은 있으되 발산할 데가 없었다.

그것이 현 중원 무림의 상황.

그런 상황을 잘 알고 있는 북해빙궁으로서는 길 가다가 이유 없이 뒤통수를 얻어맞은 것만큼이나 억울하기만 했다.

야운이 욕지거리를 내뱉었다.

"이 개새끼들. 개만도 못한 놈들."

야일첨이 소리쳤다.

"아들아!"

"예! 아버님."

"우리도 이대로 앉아서 당할 수만은 없다. 그간 본궁이 놀고 있지만은 않았음을 보여줄 때가 왔다. 내 때가 되지 않은 듯 하여 이제껏 참고 있었으나, 이번만큼은 참을 수가 없구나!"

"물론입니다!"

"빙궁의 모든 무사들에게 즉각 경계령을 내리고 언제라도 싸울 수 있도록 태세를 갖추어라!"

"예!"

야일첨의 눈에서 차가운 불길이 일렁거렸다.

"우리를 얕잡아 보는 중원 무림 놈들에게 쓴맛을 보여주는 거다. 전쟁이다!"

"이 참에 중원을 쓸어버리지요!"

야일첨만큼이나 야운의 눈빛도 활활 타올랐다.

중원에서는 생각지도 못한, 아무도 짐작하지 못한 전쟁의 불씨가 멀리 떨어진 북해에서부터 시작되고 있었다.

『일보신권』 9권에서 계속

Dark Blaze

다크 블레이즈

김현우 판타지 장편소설

FANTASYSTORY & ADVENTURE

『레드 데스티니』, 『골든 메이지』의 작가!
김현우 판타지 장편소설

년 전쟁의 승리에 파묻힌 충격적 비화.
제국이 아버지의 죽음을 감췄다!

알파드 공의 죽음과 엘리멘탈 프로젝트의 실체.
뒤틀린 진실을 알기 위해 아르미드 남매가 복수의 칼을 들었다!

Hell Drive

헬드라이브

엽사 판타지 장편소설
FANTASYSTORY & ADVENTURE

「능력복제술사COPY」, 『소울 드라이브』의 작가!
엽사 판타지 장편소설

세상의 모든 불길을
다스리는 화염의 지배자!

그를 분노케 하지 말라!
그가 눈을 뜨면 지옥의 문이 열린다!

dream books
드림북스

天魔琴
천마금

측불허의 상상력 『야차왕』의 작가, 가나.
가 선보이는 천하제패를 향한
영웅들의 거대한 한판승부!

소리로 세상을 보는 아이, 서문무휘.
파천의 음악으로 난세에 출사표를 던진다!

마도군림 삼십 년간의 평화는 폭풍전야에 불과했다.
지금 절대강자들이 난무하는 군웅할거의 시대가 시작된다!

dream books
드림북스